라마르틴의 예루살렘

작가가 사랑한 도시 10
라마르틴의 예루살렘

초판 1쇄 인쇄 _ 2010년 8월 10일
초판 1쇄 발행 _ 2010년 8월 15일

지은이 _ 알퐁스 드 라마르틴 | 옮긴이 _ 최인경

펴낸이 _ 유재건

펴낸곳 _ (주)그린비출판사 | 등록번호 _ 제313-1990-32호
주소 _ 서울시 마포구 동교동 201-18 달리빌딩 2층
전화 _ 702-2717 | 팩스 _ 703-0272

ISBN 978-89-7682-119-5 04800 978-89-7682-109-6(세트)
이 도서의 국립중앙도서관 출판시도서목록(CIP)은 e-CIP 홈페이지
(http://www.nl.go.kr/ecip)에서 이용하실 수 있습니다.(CIP제어번호: CIP2010002836)
책값은 뒤표지에 있습니다. 잘못 만들어진 책은 서점에서 바꿔 드립니다.

그린비출판사 나를 바꾸는 책, 세상을 바꾸는 책
홈페이지 _ www.greenbee.co.kr | 전자우편 _ editor@greenbee.co.kr

작가가사랑한도시 **10**

라마르틴의 예루살렘

알퐁스 드 라마르틴 지음, 최인경 옮김

예루살렘아,
너는 모든 것이 치밀하게 갖추어진 성읍처럼, 잘도 세워졌구나.
예루살렘에 평화가 깃들기를 기도하여라.
'예수살렘아, 너를 사랑하는 사람들에게 평화가 있기를,
네 성벽 안에 평화가 깃들기를, 네 궁궐 안에 평화가 깃들기를 빈다' 하여라.
네 친척과 이웃에게도 '평화가 너에게 깃들기를 빈다' 하고 축복하겠다.
─다윗, 「시편」 122편 가운데

다마스쿠스 문

성묘교회

베들레헴 문

시온 문

유럽

흑해

카스피 해

지중해

•예루살렘

아프리카

아라비아 반도

다윗 왕궁

시온산

헤롯 문
Bab ez-Zāhireh
(Gate of Herod)

베데스다 연못

스데반 문
(St Stephen's Gate)

성모 마리아의 무덤

겟세마네 동산
Gethsemane

황금 문

여호사밧 계곡

오마르 모스크
(엘-사카라 모스크)

예루살렘 통치자의 궁정

엘-악사 모스크

기드론 계곡

쓰레기 문
(Moghrabins' or Dung Gate)

1832년 10월, 낭만주의 시인이었던 라마르틴은 병에 걸린 딸 아이와 함께 오래 전부터 꿈꿔 온 근동 여행을 떠나 예루살렘을 방문한다. 세계에서 유일무이하게 복합적인 종교의 흔적을 고스란히 담고 있는 성소, 이 '평화의 도시'에서 시인은 세파에 찌들어 잃어버린 영혼의 안식을 되찾는다. 엄격한 가톨릭 집안에서 태어나 자연 속에서 유년시절을 보낸 그의 내면에 간직된 깊은 신앙심과 자연에 대한 애정이 예루살렘을 바라보는 시선에 그대로 녹아 있다.

일러두기

1 이 책은 Alphonse de Lamartine, *Voyage en Orient*, 1835 가운데 라마르틴이 예루살렘을 여행한 부분만 발췌해 옮긴 것이다.

2 본문 이해를 돕기 위한 옮긴이 주 가운데 인명과 지명 등의 간략한 정보는 본문에 작은 글씨로 덧붙였으며, 좀더 상세한 설명이 필요한 내용은 각주로 처리하였다.

3 외국 인명이나 지명, 작품명은 2002년 국립국어원에서 펴낸 외래어표기법을 따라 표기했다.

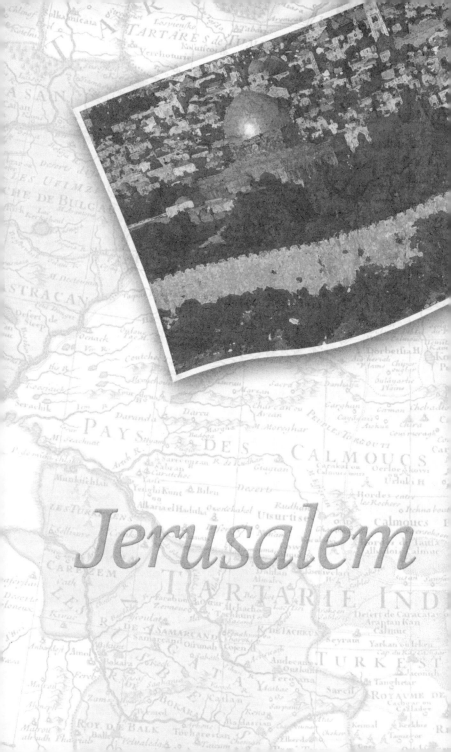

Jerusalem

1832년 10월 28일

새벽 다섯 시, 우리는 성 요한 사막을 떠날 준비를 마쳤다. 말을 탄 채로 높은 담이 쳐진 수도원의 안뜰에서 날이 밝아 오기를 기다렸다. 페스트에 걸렸을지도 모르는, 마을이나 베들레헴에서 오는 아랍인이나 투르크인들과 어두운 데서 접촉하지 않기 위해서였다. 다섯 시 반이 되어서야 발걸음을 옮기기 시작했다. 거대한 회색빛 바위들을 여기저기 흩뿌려 놓은 듯한 산을 우리들은 힘겹게 오르기 시작했다. 마치 누군가 망치로 부순 것처럼 우죽삐죽한 모양의 바위들이 한덩어리를 이루고 있었다. 거대한 돌밭 사이에 일궈 놓은 작은 밭에는 잎사귀가 누렇게 가을색으로 물든 몇 그루의 포도나무 덩굴이 뻗어져 있었다. 마치 「아가서」에 나오는 것과 흡사한 거대한 돌탑들이 이 포도밭 사이에 우뚝 솟아 있었다. 포도밭 주위에 심어 놓은 무화과나무는 벌써 잎을 떨구기 시작했고, 농익은 열매는 바위 위로 절로 떨어졌다. 우리가 가고 있는 방향에서 오른쪽으로 "나는 광야에서 외치는 자의 목소리다"가 울려퍼졌을 성 요한 사막이 대여섯 개의 높고 검은 산들 사이에 마치 심연처럼 펼쳐져 있었다. 산봉우리들 사이로는 검푸른 안개가 뒤덮인 이집트해가 눈에 들어왔다. 왼쪽으로 아주 가까이에 주위의 다른 산처럼 벌거숭이로 봉긋 솟아오른 봉우리의 정상에는 성탑 아니면 고성이었을 건축물의 잔해가 보였다. 성채에서 내려오는 수로의 아치로 보이는 것들이 눈에 띄었다. 산기슭 아래쪽에는 포도나무가 자라고 있었다. 다 쓰러져 가는 아치 위로 생기를 잃은 채 누렇게 빛이 바래 가는 나뭇가지들이 뻗어 나가고 있었다. 또한 그 속에는 두어 그루의 테레빈나무가 외로이 자라고 있었다. 바로 성사聖史의 마지막 영웅들인 마카베오인들Maccabees*의 성채와 무덤이 있는 모딘 Modin이다.

우리들은 강렬한 아침햇살을 받아 반짝이는 폐허를 뒤로하고 발걸음을 옮겼다. 이 햇살은 유럽에서 보는 것과는 달랐다. 막연하고 어렴풋한 빛이라거나 그냥 평범히 빛나는 광휘 속에 용해되어 버리는 햇살이 아니었다. 마치 여러 가지 색의 불화살이 한곳에 모였다가 퍼져 나오는 것처럼 예루살렘을 뒤에 감추고 있는 산 위에서 쏟아져 내린 햇살은 산에서 멀어지면서 하늘에서 분광되었다. 살짝 은빛이 감도는 푸른색, 흐릿한 하얀색,

---

* 기원전 2세기경 셀레우코스 왕조의 통치자 안티오코스 4세의 헬레니즘 동화정책에 대항해서 반란을 일으키는 데 성공한 유대인 가문을 일컫는다. 마카베오는 본래 제사장이었던 마타시아스의 셋째아들 유다에게 주어진 호칭이다. 유대교 전통의식을 탄압하는 통치자에 항거하는 아버지의 뒤를 이어 다섯 형제는 힘을 합쳐 그리스와의 투쟁을 계속하였다. 마침내 이들은 전쟁을 승리로 이끌고 안티오코스에게 함락된 후 '더럽혀진' 예루살렘 성전을 재봉헌하기에 이른다.

가장자리가 점차 엷어지는 은은한 장미색, 활활 타면서 넓게 퍼진 불빛처럼 보이는 붉은색이 햇살에서 퍼져 나왔다. 때로는 각기 분리될 듯하면서도 부드러운 색조의 변화는 모든 색의 조화를 이루어 냈다. 빛줄기들은 마치 창공에서 부서지면서 대기 가운데 흩어지는 반원으로 빛나는 무지개 같았다. 갈릴리Galilee와 유대Judea 지방의 산악 지대를 여행하면서 이렇게 여명이나 황혼의 아름다운 광경이 우리에게 모습을 드러낸 것이 세번째이다. 실제의 모습을 직접 보지 않은 이들에게는 거짓처럼 보일, 고대의 화가들이 그림으로 그린 새벽이나 저녁 풍경 그대로였다. 날이 밝아올수록 찬란하게 반짝이던 광채와 푸르게 혹은 붉게 빛나던 색이 점점 엷어져 공기 중의 평범한 미광微光 속으로 녹아 들어갔다. 머리 꼭대기에 떠 있던 달의 붉은빛도 사그라지고 진줏빛으로 변해 갔다. 마치 물속 깊숙이 빠져드는 은원반처럼 달은 점점 하늘 깊숙이 빠져들어 가며 색이 엷어졌다. 우리들은 앞서 넘은 산보다 조금 더 높고 역시 민둥산인 두번째 산을 오르고 있었다. 갑자기 오른쪽으로 저 멀리 확 트인 전망이 눈앞에 펼쳐졌다. 우리가 있는 유대 산맥의 마지막 봉우리와 아라비아 산맥 사이의 풍경을 모두 볼 수 있었다. 그곳은 벌써 아침의 뿌옇고 출렁이는 햇살로 넘쳐나고 있었다. 우리의 발 아래 크고 작은 회색빛 돌들이 부서진 채 굴러다니는 낮은 산등성 너머는, 눈이 부셔 잘 보이지 않아 마치 넓은 바다 같은 환상을 불러일으

키기도 했다. 그 조용한 바다 위로 떠오르는 태양이 뿜어내기 시작하는 빛과 어둠이 만들어 내는 짙은 그림자와 불투명한 은빛의 출렁임이 눈에 보이는 것 같은 환상이었다. 이 상상의 바다 끝으로 지평선에서 조금 왼쪽 방향으로 한 4킬로미터쯤 떨어져 보이는 곳에 수많은 사각의 종탑들과 이슬람 사원의 우뚝 솟은 미나레트minaret, 이슬람 사원의 첨탑와 낮은 언덕의 꼭대기를 빼곡히 메우고 있는 건물들의 노랗고 넓은 성벽 위로 태양이 반짝이고 있었다. 낮은 언덕에 가려져 다른 언덕의 기슭은 보이지 않았다. 미나레트의 꼭대기, 성벽의 총안銃眼, 종탑 뒤에 피라미드 모양으로 서 있는 돔의 검고 푸른 꼭대기를 보자, 산허리를 따라 내려온 도시의 위쪽 부분만 볼 수 있었지만 어떤 도시인지 알 수 있었다. 예루살렘 말고는 다른 곳일 수 없었다. 예루살렘은 아직 멀리 있다고 생각했었는데 말이다. 우리들 모두 환영이 깨져 버릴까 두려워 안내인에게 아무것도 묻지 않고 그저 도시를 처음으로 훔쳐보는 즐거움을 조용히 만끽했다. 도시의 모든 것이 예루살렘이란 이름을 떠올리게 했다. 바로 그곳이었다. 광택 없는 짙은 누런색의 예루살렘은 창공의 푸른색과 올리브산Mount of Olives, '감람산'의 검은색을 배경으로 그 모습을 뚜렷이 드러냈다.

　이 신비롭고 눈부신 광경을 보기 위해 말을 멈춰 세웠다. 언덕 아래 깊고 어두운 계곡 쪽으로 내려가기 위해 발걸음을 옮기자 도시는 우리들 눈앞에서 다시 사라져 갔다. 도시의 높은 성벽과 돔들 뒤에는 도시를 받쳐들기도 하고 숨기기도 하는 언덕보다 짙은 빛을 띤 더 높고 넓은 언덕이 우뚝 솟아 있었다. 이 두번째 언덕이 우리들의 시야를 막아 버렸다. 서쪽 산허리는 어둡게 보였다. 산정상에만 살짝 스치는 햇볕 탓에 봉우리는 마치 둥글고 넓직한 지붕 같아 보이기도 했고, 빛 속에 떠 있는 것 같기도 했다. 맨꼭대기에 서 있는 크고 검은 나무 몇 그루 덕분에 하늘과 땅을 구분할 수 있었다. 나무들 사이로 햇빛이 비추었다. 바로 올리브산이었다. 그리스도의 눈물과 피, 땀에 젖어 성스러운 나무*가 된 그날 밤 이후, 오랫동안 또 다른 많은 눈물과 땀이 뿌려진 땅과 하늘에 새겨진 수많은 날들의 증인이 되어 온 바로 그 올리브나무들이었다. 산허리에 검게 보이는 다른 나무들 사이에서 어렴풋하게나마 그 나무들을 구별해 낼 수 있었다. 어느덧 눈앞을 가로막은 예루살렘의 벽이 성스러운 산의 발치를 감추어 버렸다. 우리들 가까이, 바로 눈앞에는 돌의 도시에 이르는 길이 되어 줄 자갈 사막만이 있었다. 하나같이 잿빛의 회색을 띠고 있는 이 거대하고 육중한 돌들이 예루살렘의 문 앞까지

---

* 올리브산은 네 개의 봉우리로 이루어져 있는데 서쪽에 있는 언덕이 겟세마네 동산으로 '그리스도의 수난'이 시작되는 곳이다. 예수는 붙잡히기 전날 제자들과 '최후의 만찬'을 마치고 기드론 계곡 건너편 겟세마네 동산으로 가 마지막 기도를 하였다 한다(『요한복음』 18장 1절). 하지만 같이 간 제자들 중 아무도 그 모습을 보지는 못하였다. 당시 예수가 엎드려 기도했다는 바위를 중심으로 교회가 세워진 이래 파괴와 재건이 반복되었으며, 수령이 2,000년 이상 된 것으로 추정되는, 교회 밖에 서 있는 올리브나무는 예수의 마지막 기도 모습을 지켜본 유일한 목격자로 여겨지고 있다.

끊임없이 펼쳐졌고, 높고 낮은 언덕이 이어졌다. 산 아래는 굽이굽이 골짜기들이 휘감고 있었다. 작은 계곡들은 마치 사람의 눈을 속이며 초목을 자라게 하고 생명을 불어넣으려는 듯 이리저리 굽이쳤다. 그러나 언덕이고 계곡이고 벌판이고 온통 돌 천지였다. 바위의 두께가 3~4미터는 되어 보이는 하나의 지층 같아 보였다. 돌 사이로 파충류가 간신히 기어오르거나 낙타가 발을 들여놓았다가는 자칫 다리라도 부러질 모양새였다. 콜로세움이나 로마시대 원형극장의 거대한 돌벽을 상상해 보면 사막도시에 마지막으로 남은 성벽을 이루고 있는 바위들의 표면과 모양새가 어떤지 알 수 있을 것이다. 가까이 다가갈수록 산더미 같은 돌들은 마치 지나가는 이를 금방이라도 삼켜 버릴 준비가 된 영원불멸의 눈사태 같은 위용을 떨치고 있었다. 예루살렘에 들어서기까지 길을 얼마 남겨 놓지 않고, 높이가 여행객의 머리 위로 3미터 정도 올라간, 의연하기까지 해 보이는 시커먼 바위길 한가운데서 발길이 멈춰 섰다. 길 끝 너머로 하늘의 일부만이 보였다. 이 음산한 길에 들어선 지 십오 분 정도 걸었을까 갑자기 양옆으로 갈라진 바위들이 우리들을 예루살렘의 성벽 앞에 마주하게 해주었고, 우리는 조금의 의심도 없이 벽에 손을 대었다. 우리가 있는 곳에서 베들레헴 문Bethlehem Gate, 예루살렘 옛 시가지 성벽 중 서쪽에 있는 유일한 문으로 오늘날에는 '자파 문'(Jaffa Gate)로 알려져 있다까지 몇백 발자국 거리의 너른 공간이 펼쳐졌다. 마치 멀리 유럽의 요새를 감싸고 있는 비탈길처럼 메마르고 구불구불하며 황폐한 이 공간의 오른쪽 방향으로는 탁 트인 전망에 완곡한 경사를 이루며 내려가는 작은 계곡이 있었다. 왼쪽으로는 세월의 무게에 눌려 반쯤 기울어진 늙은 올리브나무 다섯 그루가 버티고 있었다. 나무들은 자신들이 뿌리내린 메마른 땅처럼 아예 굳어 버린 듯했다.

문 양쪽으로 고딕식 망루가 높이 솟아 있는, 마치 버려진 성채의 낡은 문처럼 조용히 쓸쓸하게 서 있는 베들레헴 문이 우리 앞에 열려 있었다. 우리는 제자리에서 얼마간 문을 응시하고 있었다. 문을 통과하고 싶은 마음이 간절하였으나 예루살렘에는 페스트가 무서운 기세로 창궐하고 있었다. 사막에 있는 성 요한 수도원은 도시 안에 들어가지 않겠다는 굳은 약속을 받고서야 우리를 받아 주겠다 했던 것이다. 문 안으로는 발도 들이지 않고, 문의 왼쪽으로 돌아 해자 저편에 세워진 높은 성벽을 따라 천천히 내려가는 길에서 헤롯 왕Herodes, 기원전 73?~기원전 4이 건설한 옛 성벽* 주춧돌의 흔적을 드문드문 볼 수 있었다.

* 기원전 1000년경 다윗이 예루살렘을 이스라엘의 수도로 정하기 이전부터 존재한 성벽은 전쟁을 통해 도시의 지배자가 바뀌는 과정 가운데 파괴와 재건, 증축 과정을 반복하며 오늘날에 이르렀다. 기원전 586년에는 바빌로니아 군대에 의해 성전과 왕궁을 비롯하여 성벽이 모두 파괴되었으나 헤롯 왕 시대에 복원되기도 하였다(중세에 이슬람 세력과 기독교 세력의 전쟁과 통치가 번갈아 이어지던 당시 성벽은 축소되거나 파괴되어 성벽 없는 도시가 되기도 하였다). 오늘날의 성벽은 오스만투르크 시대의 '위대한 통치자' 술레이만 1세에 의해 16세기에 보수 및 재건된 모습이다.

가는 곳마다 터번이 둘러진 묘비들로 온통 하얗게 된 투르크인 묘지를 만날 수 있었다. 매일 밤 페스트로 인한 외로움이 더해 가는 이 묘지에는 죽은 남편이나 아버지를 애도하러 온 투르크와 아랍의 여인들이 여기저기에 모여 있었다. 몇몇 무덤 위에는 천막이 세워져 있었는데, 예닐곱 명의 여인들이 주저앉아 있거나 무릎을 꿇고 있었다. 품에 안은 아이에게 젖을 물리기도 하고 간간히 장송곡인지 기도인지 리듬이 규칙적인 탄식을 쏟아 냈다. 종교적인 우수를 한껏 풍기는 이 소리는 눈앞의 슬픈 광경과 아름답게 조화를 이루었다. 여인들은 하나같이 베일을 쓰지 않고 있었는데 개중에는 젊고 아름다운 여인도 있었다. 여인들 옆에는 형형색색의 조화造花가 가득 담긴 바구니가 있었다. 여인들은 눈물을 뿌리며 이 꽃을 무덤 주위에 심었다. 그들은 가끔씩 물기가 채 마르지 않은 흙으로 덮인 무덤에 몸을 숙인 채 죽은 이에게 애가哀歌를 읊조렸는데 마치 낮은 목소리로 무엇인가 속삭이는 것처럼 보였다. 그러고 나서 잠시 입을 다물고 있다가 귀를 묘비에 갖다 댔다. 마치 대답을 기다렸다가 듣기라도 하는 것 같았다. 온종일 묘지에서 애통해하는 여인들과 아이들은 우리가 성벽 주위를 도는 동안 유일하게 이곳에 사람이 살고 있다는 느낌을 주었다. 다른 곳에서는 인기척 하나 들리지 않았고, 굴뚝에서 연기가 나는 곳도 없었다. 이 소리 없는 공허한 공간에서 오로지 비둘기 몇 마리만이 무화과나무에서 망루로, 망루에서 성스러운 연못의 가장자리로 옮겨 다니며 소리를 내고 있었다.

기드론Kidron 계곡과 올리브산 아래쪽으로 이어지는 경사면을 반쯤 내려오자 누런빛의 바위언덕 아래쪽으로 제법 깊어 보이는 동굴 입구가 눈에 들어왔다. 무엇보다도 예루살렘, 오로지 예루살렘이 보고 싶었을 뿐인 나로서는 이곳에서 시간을 지체하고 싶지 않았다. 예루살렘에 속한 모든 것들, 계곡과 언덕들, 여호사밧Jehoshaphat 계곡과 기드론 계곡, 성전과 무덤, 폐허와 도시 전체의 전망, 예루살렘의 모든 것을 한눈에 보고 싶었다.

우리들은 어느덧 아랍 양식으로 아름답게 건축된 다마스쿠스 문Damascus Gate 앞을 지나가게 되었다. 문 옆에는 망루 두 개가 나란히 세워져 있었다. 열려 있는 문은 그 높이가 꽤나 높고 폭은 넓은 우아한 모양의 첨두홍예尖頭虹蜺 형태를 갖추고 있었다. 상단부에는 돌로 된 터번 형태의 아라베스크 총안이 울쑥불쑥 나 있었다. 계속해서 성벽을 오른쪽으로 두고 길을 걷다 보니 반듯한 사각형 모양으로 각진 성벽의 북쪽 모퉁이를 돌게 되었다. 왼쪽으로 깊고 어두운 겟세마네Gethsemane 동산의 계곡이 나타났다. 기드론의 메마른 협곡이 그 바닥을 드러내고 있었다. 우리는 스데반 문Stephens Gate까지 성벽과 바로 붙어 있는 길을 따라갔는데, 길은 아름다운 연못 두 개가 있는 곳에서 멈추었다. 바로 두 연못 중 하나의 물로 예수가 중풍 환자를 낫게 하였다는 곳이다.* 이 작은 길이 끝나는 곳 아래로는 겟세마네 동산의 낭

떠러지와 여호사밧 계곡이 내려다보였다. 스데반 문에서는 성전산Temple mount, 모리아산이라고도 함, 즉 오래전 솔로몬 성전이 세워졌었고 오늘날에는 오마르 모스크Mosque of Omar**가 있는 쪽으로 가는 길이 없었다. 비탈길은 왼쪽으로 가파르게 내려가는 길로 기드론을 통과해서 겟세마네 동산과 올리브 정원으로 통하는 다리 쪽으로 내달았다. 이 다리를 지나 복합적인 양식이 혼재한 매혹적인 자태의 건축물 앞에 이르러서야 말에서 내렸다. 한편으로 엄숙해 보이기까지 하는 이 고대 건축물은 마치 계곡 깊숙이 겟세마네 동산에 꼭꼭 숨겨져 있는 듯했다. 바로 예수 그리스도의 어머니인 성모 마리아의 무덤으로 추정되는 곳이다. 이곳은 아르메니아인들의 점령지로서 여기 수도원들이 페스트의 피해를 가장 많이 입은 곳이었다. 우리들은 무덤의 성소조차도 들어갈 수 없었다. 나는 아름다운 신전의 안뜰에 있는 대리석 계단 위에 무릎을 꿇고 모든 어머니가 아이들에게 일찍부터 가르쳐 준 경건한 의식에 따라 그분께 구원을 비는 데 만족해야

* 기원전 2세기경 기드론 계곡에서 내려오는 물을 모아서 성전에 물을 공급하고 종교적·의학적 치료를 행할 목적으로 두 개의 연못이 만들어졌다 한다. 「요한복음」에서는 예수가 이곳에서 38년 된 중풍 환자를 고쳤다고 전하고 있다. '자비의 집'이란 뜻을 가진 베데스다 연못은 오늘날 스데반 문 안쪽 성 안나 교회 근처에 있다.
** 이슬람의 2대 칼리프 오마르는 아브라함이 이삭의 번제를 올리려 했던 성전산의 바위가 이슬람교의 창시자 마호메트가 승천한 지점이라 믿고 이곳에 황금돔 지붕을 인 모스크를 지었다. 이런 이유로 '바위 사원', '황금 사원'이라고도 불리는 이곳은 솔로몬의 성전이 있던 곳으로도 알려져 있다.

했다. 몸을 일으켜 세우고 나서야 등 뒤쪽에 있는 1에이커가량
의 넓은 평지를 알아차렸다. 한쪽으로 기드론 계곡의 강안과 맞
닿아 있고 다른 한쪽으로는 완만하게 올리브산 아래 부분으로
펼쳐진 벌판이었다. 주위로는 작은 돌담이 쳐져 있었고 올리브
나무 여덟 그루가 몇 미터 간격으로 서 있어서 온통 올리브나무
그늘이 드리워진 땅이었다. 내가 여태까지 본 나무들 중에서 가
장 커다란 올리브나무들이었다. 전하는 말에 따르면, 나무의 역
사는 자신의 숭고한 번민을 숨기기 위해 올리브나무를 선택했
던 인간-신예수 그리스도이 최후를 보낸 기념비적인 그날로 거슬
러 올라간다. 나무의 모양새가 이 숭고한 이야기를 말해 주는 것
같았다. 나무 뿌리는 수세기를 거듭하면서 땅과 바위마저 뚫고
뻗어 나왔다. 어느 부분은 그 높이가 몇십 센티미터나 되어 순례
자들에게 무릎을 꿇거나 앉아서 침묵의 꼭대기로부터 내려오는
성스러운 생각을 가다듬을 수 있는 천연의 의자가 되어 주었다.
나무의 몸통은 딱딱히 굳은 마디들이 울퉁불퉁하게 골이 지거
나 여기저기 구멍이 뚫려 마치 세월의 깊은 주름이 진 것처럼 보
였다. 가지들은 긴 세월의 무게에 짓눌린 듯 좌로 우로 잔뜩 기
울어진 모양새였다. 나무들을 다듬기 위해 백 번쯤 도끼로 가지
치기를 한 탓에 굵게 꼬인 가지들도 있었다. 오래되어 무거워진
가지들은 몸통 쪽으로 기울고 어린 가지들은 하늘 쪽으로 뻗어
나갔다. 자라기 시작한 지 한두 해 정도 된, 잎사귀가 얼마 돋아

있지 않은 어린 나뭇가지들도 보였다. 여물기 시작한 검푸른 올리브 몇 개가 마치 신이 주는 기념품이라도 되는 양 기독교 여행자들의 발치에 떨어졌다. 나는 성모 마리아의 무덤 주위에 있는 무리에서 벗어나 이 올리브나무들 사이에 호젓이 떨어져 있는 제일 오래된 나무뿌리에 잠시 걸터앉았다. 나무 그늘에 가려 예루살렘 성벽은 보이지 않았다. 두꺼운 나뭇가지 덕분에 올리브 산 기슭에서 검은색의 어린 양들을 돌보는 목동의 눈에도 내가 전혀 보이지 않았다. 내가 앉아 있는 이곳에서 눈에 보이는 것이라곤 기드론 계곡에서 갈라져 나온 깊은 골짜기와 여호사밧 계곡 전체를 가리고 있는 다른 올리브나무들의 우듬지뿐이었다. 물이 마른 계곡에서는 아무런 소리도 나지 않았고 바람에 흔들리는 나뭇잎 소리조차 전혀 들리지 않았다. 나는 잠시 눈을 감고 인류를 위한 대속代贖, 예수가 십자가에 매달려 죽음으로써 인류의 죄를 대신 속죄한 일의 전날 밤에 대해 생각해 보았다. 하늘의 메시지에 대한 대가로 인간들의 손에 의한 죽음을 받아들이기에 앞서 신의 사자가 고뇌의 잔을 그 바닥까지 비운 그날 밤 말이다.

　나는 그가 그토록 커다란 대가를 치르며 세상에 주려고 했던 구원을 간절히 구하였다. 나는 사람의 아들의 마음을 가득 메웠을 번민의 바다를 상상해 보았다. 그가 오롯한 시선으로 인간에게 숙명 지어진 갖은 불행, 공허함, 고난, 죄악들을 바라보았을 때를. 모든 사람들을 좁은 눈물의 계곡에서 웅크리고 탄식하게 하는 죄와 불행의 짐을 혼자 짊어지기 바랬을 때를. 자신의 생명을 대가로 치뤄서만이 인간에게 진리와 새로운 위안을 가져다 줄 수 있다는 것을 깨달았을 때를. 자신에게 닥쳐올 죽음의 그림자 앞에서 공포에 떨며 이 고난이 자신에게서 멀어지길 아버지에게 기도드릴 때를. 무지하고 나약한 보잘것없는 인간인 나 또한 인간의 나약함의 나무 아래에서 외쳤을 것이다. 신이시여, 이 엄청난 고난이 내게서 멀어지게 하시고, 우리 모두를 위해 당신이 거두신 것처럼 이 고난을 거두어 주옵소서!

그는 고통의 쓴 잔을 남김 없이 마실 힘을 가지고 있었습니다. 그는 당신을 알고 있고, 당신을 보고 있었습니다. 그는 왜 그가 그것을 마셔야 하는지 알고 있었습니다. 그는 사흘 동안 무덤에서 그를 기다리고 있던 영원한 삶이 어떤 것인지도 알고 있었습니다. 신이시여! 그런데 나는 무엇을 알고 있습니까? 나를 상심시키는 것이 고통이 아니라면 그가 내게 가르쳐 준 것이 희망인가요?

나는 몸을 일으켜 세웠다. 이 장소가 '예수의 수난'이라는 가장 고통스러운 장면을 위해 신의 뜻에 따라 예정되고 선택되었다는 것에 탄복하지 않을 수 없었다. 양쪽으로 험하게 깎아지른 이 좁은 계곡은 왕들의 무덤이 있는 어둡고 헐벗은 언덕들로 북쪽이 막혀 있다. 도시를 둘러싼 거대하고 어두운 성벽의 그림자는 계곡 서쪽으로 그늘을 드리웠다. 동쪽은 올리브산 꼭대기에 가리어진 채, 여호사밧 계곡의 부서진 바위 위로 누르스름한 물결이 흐르는 급류가 지나가고 있었다. 몇 발자국 떨어지지 않은 곳에 검은 민둥바위 하나가 마치 해안가의 곶처럼 산 발치에서 두드러져 보였다. 이상하게 생긴 거대한 건축물이 자리한 왕들과 주교들의 오래된 무덤들이 몇몇 있었고, 마치 죽음의 다리처럼 통곡의 계곡 쪽으로 돌출되어 있었다.

오늘날 절반이나 헐벗은 올리브산의 허리 부분은 아마 당시에는 연못 물과 기드론 계곡에 흐르는 물로 적셔졌을 것이다. 석류나무와 오렌지나무, 올리브나무가 있는 정원은 여호사밧 계곡의 가장 좁고 캄캄한 골짜기에 고통의 소굴처럼 깊이 파인 겟세마네 동산의 좁은 계곡에 좀더 짙은 그늘을 드리웠을 것이다. 치욕과 고통을 품은 그 사람은 죄인처럼 이곳에서 나무뿌리 사이에, 바위 사이에, 나무 그늘 사이에 몸을 숨길 수 있었을 것이다. 그는 각각 아들과 스승을 찾으러 다니는 어머니와 제자들의 숨죽인 발자국 소리를 들었을 것이다. 진실을 무찌르고 정의를 쫓아냈다고 기뻐하는, 마을에서 들려오는 들려오는 어수선한 소리, 터무니없이 흘러나오는 환호성을 들었을 것이다. 게다가 발 아래로 물결치는, 죄를 짓고 장님이 된 민족이 파멸하여 도시가 전복되고 샘들도 파괴되는 것을 지켜본 기드론 계곡에서 흘러나오는 탄식을 들었을 것이다. 그리스도가 눈물을 흘릴 장소로 이보다 더 좋은 곳을 찾을 수 있었겠는가? 더한 불행으로 상처 나고, 더 큰 슬픔으로 가득 차고, 더 많은 탄식으로 물든 그런 땅을 피와 땀으로 적실 수 있었을까?

　나는 다시 말에 올라탔다. 계곡과 마을의 그 무엇 하나라도 놓칠까 고개를 두리번거리며 십오 분 가량 올리브산을 올라갔다. 말이 산으로 올라가는 길을 따라 발걸음을 옮길 때마다 예루살렘의 거리와 건물들을 하나씩 더 볼 수 있었다. 마침내 그리스도가 부활한 후 승천한 자리에 지금은 폐허가 된 이슬람 사원이 있는 정상에 도착했다. 올리브나무 발치에 쓰러져 있는 다 부서진 두 원주圓柱 가까이에 가려고 사원의 오른쪽으로 다가갔다. 지면이 평평한 이곳에서는 예루살렘과 시온산, 사해死海까지 이르는 성 사바 계곡이 한눈에 보였다. 사해가 산봉우리들과 아라비아 산맥에서 끝나는 수많은 산 정상들이 이루는 거대한 지평선 사이에서 반짝이고 있었다. 나는 아예 자리를 잡고 앉았다. 눈앞의 광경이 그랬다. 내가 그 꼭대기에 앉아 있는 올리브산은 산과 예루살렘을 갈라 놓는 여호사밧이라 불리는 깊은 계곡까지 가파르게 경사져 있었다. 이 어둡고 좁은 계곡의 민둥한 산허리는 장례에 쓰이는 검고 하얀 돌들로 거뭇거뭇해 보이고 그 아래쪽에는 거대하고 폭이 넓은 산성전산이 솟아 있었다. 그 경사면이 얼마나 가파른지 흡사 허물어지고 없는 높은 성의 성벽과도 비슷한 것이 뿌리를 내린 풀 한 포기나 이끼조차 찾아볼 수 없었다. 흙과 돌이 계속해서 흘러내릴 만큼 산이 비탈졌다. 바짝 메마른 먼지가 켜켜이 쌓인 모양이 산 위에서 재를 쏟아부은 것 같았다.

천연의 요새와도 같은 이 언덕 중앙 부분에 전혀 인공적으로 다듬지 않은 커다란 돌들로 쌓은 높고 견고한 성벽이 있었다. 로마인과 히브리인이 세워 놓은 초석이 발을 덮을 만큼 쌓인 먼지 속에 숨겨져 있었다. 성벽은 문 세 개로 나뉘어 있었는데 그 중 둘은 벽으로 막아 놓았고 하나만 열려 있었다. 그러나 그마저도 사람이 살지 않는 마을로 들어가는 입구처럼 썰렁하니 비어 있기는 마찬가지였다. 성문 위로도 벽이 세워져 있었다. 그 위에는 동쪽 방향으로 예루살렘의 세로 길이의 삼분의 이 정도나 되는 넓은 평지면이 펼쳐져 있었다. 길이가 300미터, 너비는 150여 미터쯤으로 가늠되는 이 테라스는 옛날에 예루살렘의 시온산을 둘로 나눈 별로 깊지 않은 계곡을 떠올리게 하려는 듯 조금 파인 가운데 부분을 제외하면 거의 완벽한 수평면이다. 자연이 준비해 놓았을, 하지만 분명 사람의 손으로 완성했을 이 평면은 솔로몬 신전이 세워졌던 숭고한 기단이었다. 오늘날 이곳에는 두 개의 투르크 사원이 있다. 하나는 바로 신전이 있던 그 자리에 세워진 엘-사카라El-Sakara 모스크고, 다른 하나는 테라스의 남동쪽 끝 성벽에 붙어 있는 엘-악사El-Aksa 모스크이다. 오마르 모스크라 불리기도 하는 이슬람 양식의 아름다운 건축물인 엘-사카라는 거대한 대리석으로 벽을 쌓은 팔면체 형태이다. 각 벽면에는 첨두홍예 모양을 한 일곱 개의 아케이드가 있었다. 열주들이 받치고 있는 위쪽의 테라스에는 아래보다 폭이 좀더 좁은 아케이드가 지붕을 받치고 있었다. 지붕은 우아한 돔으로, 옛날에는 금칠이 되어 있었지만 지금은 청동으로 덮여 있다. 사원 벽은 파란 에나멜로 꾸며져 있다. 좌우로 서 있는 내벽 끝에는 무어 Moor 양식의 경쾌해 보이는 열주들이 있다. 열주는 여덟 개로 그 수는 사원에 낸 문의 수와 똑같았다. 다른 건물과 떨어져 있는 이 아치들 너머에 넓은 기단이 계속되다가 한쪽은 도시의 북쪽에서, 다른 쪽은 남쪽 벽에서 끝이 났다. 두 사원 사이 여기저기에 올리브나무가 자라고 있었고, 군데군데 커다란 사이프러스 나무도 서 있었다. 신전의 외관이나 도시에 있는 돔 지붕과 뚜렷이 구별되는 피라미드같이 생긴 나무 모양과 짙은 녹색은 아름다운 건축물과 성벽의 밝은색을 돋보이게 해주었다.

　두 사원과 솔로몬의 성전이 있었을 자리 말고도 예루살렘 전체가 우리 눈앞에 솟아오르듯 펼쳐졌다. 지붕 하나 돌 하나 눈길을 뗄 수 없었다. 마치 예술가가 탁자에 도시의 조감도를 펼쳐놓은 듯했다. 사람들에게 들은 것과 달리 도시에는 폐허의 잔해가 어수선하게 쌓여 있는 가운데 아랍인들의 초가집과 베두인들의 천막이 세워져 있었다. 여행객들이 건물의 그늘, 거리의 흔적, 마을의 모습을 찾아볼 수 없을 정도로 먼지와 허물어진 벽들이 어수선한 아테네와도 또 달라 보였다. 나무랄 데 없는 성벽,

하얀 열주와 함께 세워진 푸른 사원, 반짝이는 돔 지붕들을 고결하게 보여 주고 있는 예루살렘은 빛과 색으로 눈부셨다. 돔 지붕 위로 가을 햇살이 쏟아졌고 그로 인해 희뿌연 연무가 피어올랐다. 집들의 벽면은 세월과 여름의 흔적으로 로마의 건물에서 볼 수 있는 누런 황금빛으로 물들어 있었다. 성벽을 지키고 있는 오래된 망루는 돌 하나, 총안 하나 빠져 있는 것이 없었다. 무수히 많은 집과 집을 덮고 있는 작은 돔 지붕들 가운데 다른 것보다 조금 큰 반¾궁륭형의 검은 돔이 눈에 띄었다. 바로 성묘교회 Church of the Holy Sepulchre, 예수가 십자가에 매달렸다 내려진 후 매장되었던 묘지에 세워진 교회와 골고다 언덕이다. 마치 미로라도 되는 양 수많은 돔 지붕과 건물과 길이 뒤엉켜 있었다. 복음서에서 전하는 예루살렘 성벽 안쪽이 아니라 성벽 밖에 있었을 골고다 언덕과 성묘교회의 위치가 '여기다'라고 말하는 것은 어려운 일이다. 시온 쪽으로 크기가 축소된 예루살렘은 치욕과 영광의 두 곳, 형벌 장소와 인간-신의 부활 장소를 도시 안에 품기 위해 북쪽으로 확대되었을 것이다.

올리브산 정상에 있는 도시 예루살렘! 예루살렘을 보면 지평선이 없다. 성벽과 망루, 이슬람 사원의 바늘 끝 같은 첨탑, 반짝이는 돔 지붕의 활 모양이 이루는 전체적으로 굴곡진 선이 하늘색 위에 명확하게 드러난다. 구릉의 높고 넓은 정상에 위풍당당하게 서 있는 도시는 신탁이 있었던 고대의 영광대로 아직도 빛나고 있는 것 같기도 하다. 아니면 열일곱 번이나 계속된 파괴로부터 벗어나 사막 한가운데서 나와 광채로 눈이 부신 '새로운 예루살렘'이 되기 위해 말씀을 기다리고 있는 것일까!

그것은 바로 더 이상 그 모습을 온전히 갖고 있지 않은 도시에 대해 가질 수 있는 눈부신 통찰력이다. 이곳은 아직도 그렇게 있을 것 같고, 젊음과 활기로 가득 찬 도시처럼 빛날 것 같다. 하지만 오늘날의 예루살렘은 조금만 주의 깊게 바라보면 다윗 David, ?~기원전 961과 솔로몬Solomon, ?~기원전 912?의 도시와는 무관해 보였다. 도시의 어느 거리 어느 곳에서도 인기척 하나 들리지 않았다. 동문이고 서문이고 남문이고 북문이고 갈 수 있는 길이 없었다. 단지 암벽들 사이로 어쩌다 생긴 꾸불꾸불한 오솔길만이 있었다. 그 길에는 옷을 반쯤 벗고 당나귀를 타고 지나가는 아랍인들 몇 명만이 있었다. 다마스쿠스에서 온 낙타 상인과 아침이면 성문 밖 테레빈나무 아래에서 장사를 하려고 포도나 비둘기를 담은 광주리를 머리에 이고 베들레헴이나 여리고에서 온 여인들이 지나다녔다.

우리들은 온종일 예루살렘의 대문들의 맞은편과 마주해 앉았다가 도시의 벽 주위를 한 바퀴 돌며 모든 문 앞을 지나갔다. 도시 안으로 들어가는 이도 밖으로 나오는 이도 없었다. 구걸하는 이들도 한자리에 앉아 있지 않았고, 보초병들도 문 앞을 지키지 않고 있었다. 하루 종일 아무것도 보지 못하고 아무 소리도 들을 수 없었다. 3만여 명이 살고 있는 도시에는 공허와 침묵만이 있었다. 화산 폭발로 매몰된 폼페이Pompeii나 헤르쿨라네움 Herculaneum의 죽은 문 앞을 지나온 것 같았다. 겨우 네 번의 장례 행렬만이 다마스쿠스 문으로 조용히 나와서 성벽 길을 따라 투르크인 묘지로 향했다. 시온 문Zion Gate을 지나가는데 우리 가까이로 묏자리를 파는 인부 네 명이 아침에 페스트로 죽은 가난한 기독교인을 그리스인 묘지로 실어가더니, 땅바닥에 망인을 눕히고 옷으로 감싼 뒤 땅을 파기 시작했다. 날이 갈수록 페스트가 창궐하여 도시 여기저기가 갓 매장된 묘지들로 넘쳐났다. 예루살렘의 성벽 밖으로 죽은 이들을 애통해하는 투르크 여인들의 낮은 탄식 소리만이 새나왔다. 길에는 오가는 사람 없이 썰렁하였고 예루살렘 성 안팎으로는 적막감만이 감돌았다. 그 이유가 단지 페스트 때문만인 것 같지는 않았다. 투르크인과 아랍인들은 신의 재앙을 외면하지 않는다. 이들은 재앙이 어디에고 이를 수 있고 사람들은 그 재앙을 벗어날 수 없다고 믿고 있다. 그들이 생각하는 이 고귀한 이유 때문이겠지만 어쨌거나 그 결과는 실로 참담하지 않은가!

성전과 예루살렘 성벽 사이의 평지면 왼쪽으로 도시가 자리 잡고 있는 언덕의 경사면이 급작스럽게 움푹하니 넓어지면서 군데군데 돌담을 쌓은 완만한 비탈이 눈에 들어왔다. 예루살렘에서 멀지 않은 이 언덕 꼭대기에는 이슬람 사원 하나와 유럽의 촌락과 흡사한 투르크식 건축물들이 자리 잡고 있었다. 그 가운데서 교회와 종탑이 빛났다. 바로 이곳이 시온산Mount Zion이다. 다윗의 왕궁과 무덤이 있는 곳이다. 다윗이 영감을 얻고 환희를 느낀 곳, 다윗의 삶이 있고 휴식이 있는 곳이다. 이곳은 나에게 두 배로 성스러운 곳이다. 시인이기도 했던 다윗이 얼마나 나를 감동시키고 나의 넋을 빼앗았던가.

다윗은 감정을 노래한 시인들 중 으뜸이며 서정시인들의 왕이다. 그 어떤 인간의 감정도 그렇게 뭇사람의 심금을 울리고 가슴 깊이 파고들지 못한다. 그 어떤 인간의 영혼도 인간과 신 앞에 그렇게 온화하고 애절한 표현을 쏟아 내지 못했다. 이 위대한 이는 사람 마음속 깊이 감춰져 있는 모든 탄식의 소리를 입과 하프로 표현해 낸 것이다. 이 땅 위에 이런 시가 울려 퍼지던 시대로 거슬러가 보면, 그리고 포도주와 사랑과 피와 승리만을 노래했었던 가장 문명화된 민족의 서정시들을 생각해 봐도 왕이자 예언자였던 다윗의 신비로운 노래에 놀라움을 금치 못하게 된다. 그는 친구가 친구에게 말하는 것처럼 조물주인 신에게 말을 건다. 그는 신의 경이로움을 이해하고 찬양한다. 신의 정의로움을 찬미하고 자비를 베풀어 주길 간청한다. 그리스도의 부드러운 말씀을 노래하는 복음시의 메아리 같다. 다윗이 예언자이다 아니다 의견을 달리하는 철학자나 기독교인도 그가 어느 누구에게도 비할 수 없는 영감을 지닌 왕이자 시인이라는 것을 부정하지는 못할 것이다. 「시편」을 읽은 후 호메로스나 핀다로스의 시를 읽어 보라! 나 같으면 「시편」을 읽고 나서는 더 이상 그들의 시를 읽지 못할 것 같다.

나는, 쇠락과 침묵의 시간을 보낸 보잘것없는 시인인 내가 예루살렘에서 살았었다면, 다윗이 그랬던 것처럼 삶의 공간이자 죽음을 맞이할 곳으로 시온산을 택했을 것이다. 유대와 팔레스타인과 갈릴리 지방이 모두 잘 보이는 곳이었다. 성전과 아름다운 건축물들이 있는 예루살렘이 왼쪽에 있었다. 왕 또는 시인의 눈길은 한껏 예루살렘으로 달려갈 수 있었을 것이다. 비탈길을 따라 이어지는 비옥한 정원들을 지나 계곡에 일렁대는 물길 속까지 바라보며 그 소리마저도 사랑했었을 것이다. 맨 아래쪽으로 계곡이 모습을 활짝 드러냈다. 무화과나무, 석류나무, 올리브나무가 계곡을 뒤덮고 있었다. 고결한 시인은 아마도 계곡 물속에 일부분이 잠긴 바위 위에서, 시원한 물소리가 울려 퍼지는 동굴 속에서, 아마 옛적에도 있었을 이 테레빈나무 발치에서 아름다운 선율과도 같이 그에게 영감을 불어넣어 줄 숨결을 기다렸을 것이다. 그렇게 해서 청춘의 나이에 그는 희망을 노래했는데, 나는 이 나이에 나와 모든 이의 슬픔을 노래하기 위한 영감을 이곳에서 찾을 수 없구나! 사람의 마음속에 더 이상 노래는 없었다. 칠현금 소리는 울려 퍼지지 않고 사람들은 사랑도 기도도 찬

양도 하지 않으면서 깊은 의심의 구렁에서 침묵만을 지키고 있구나. 나는 다윗의 왕궁으로 올라갔다. 왕궁에서는 여호사밧 계곡에서 갈라져 나온 푸른빛을 띤 작은 협곡이 내려다보였다. 동쪽으로는 언덕들이 널찍이 펼쳐져 보였다. 언덕에서 언덕으로 굽이굽이 이어지는 산등성이를 따라가다 보니 사해 연안까지 시야 속으로 들어왔다. 마침 스치는 빛에 광택 없이 뿌옇게 보이는 베네치아의 두꺼운 유리처럼 사해의 뿌연 물 위로 저녁 햇살이 반사되고 있었다. 생각했던 것처럼 아무 색깔도 없이 슬픈 수평선만이 있는 화석화된 호수가 전혀 아니었다.

스위스나 이탈리아의 가장 아름다운 호수들 중 하나가 여기 있었다. 알프스 산맥처럼 끝없이 길게 뻗은 아라비아의 험준한 산그늘 속에 그리고 피라미드처럼 뾰족하게 높이 솟은 산봉우리가 들쭉날쭉한 유대 산맥 사이에 조용히 잠자고 있는 듯했다. 지금껏 시온산에서 바라본 경관이다! 다른 곳으로 가보자.

기억 속에 깊이 새겨 놓고 싶은 예루살렘의 또 다른 모습이 있다. 하지만 그럴 수 있는 붓도 물감도 없다. 그것은 바로 여호사밧 계곡이다! 세 종교 전통에 모두 중요한 계곡! 유대인·기독교인·이슬람교인 모두 이곳을 무시무시한 최후의 심판 장소로 여기고 있다. 눈물과 탄식과 예수 그리스도의 죽음처럼 복음서의 가장 중요한 장면과 연관이 있는 계곡! 예언자들이 아직도 그 소리가 울려 퍼지는 듯한 슬픔과 두려움에 찬 비명을 외치며 차례로 다녀갔던 계곡! 신 앞으로 흘러가는 영혼들의 강에서 나는 소리를 한 번은 들어야만 하는 계곡. 숙명적인 심판의 날이 오면 영혼들은 그 모습을 드러내는 것일까!

성 요한 수도원의 성직자들은 그들과 맺은 약속을 하나도 빼놓지 않고 지킨 채 수도원으로 돌아온 우리들을 신의와 자비심으로 환대해 주었다. 우리가 약속을 지키는 명예로운 이들이 아니었다면, 우리의 가이드인 아랍인들 중 한 사람이라도 우리 감시에서 벗어나 페스트 환자를 실어 나른 이들과 이야기를 나눴더라면 우리가 수도원에 죽음을 가져왔을지도 모를 일이었다.

1832년 10월 29일

새벽 다섯 시 호위병과 예루살렘의 통치자가 보낸 네 명의 기병을 동행하여 말을 타고 성 요한 사막을 떠났다. 여인들이 통곡하러 오는 작은 천막들로 뒤덮인 투르크 묘지 옆에 캠프를 세웠다. 천막에는 무덤 주위에 심을 꽃바구니를 들은 여인과 아이들, 노예들로 가득했다. 우리 중에서 나블루스 Nablus, 예루살렘 북쪽 64킬로미터 떨어진 비옥한 계곡에 위치한 도시에서 온 기사들만이 통치자에게 우리가 왔음을 알리러 도시로 들어갔다. 우리의 메시지를 전달하는 동안 우리는 페스트를 옮길지 모를 신발·장화·발 밑에 거는 끈을 모두 벗어 버리고 대신에 이슬람 지역에서 신는 슬리퍼 모양의 가죽신을 신었다. 그리고 콘스탄티노플에서 알려진 것처럼, 마늘 상인들과 기름을 나르는 짐꾼들이 페스트에 잘 전염이 안 된다는 사실에서 착안한 예방책으로 우리들은 마늘과 기름을 몸에 문질렀다. 반 시간 정도 지났을 무렵, 서방교회의 수도원에서 통역을 담당하는 '키아야' kiayark 와 화려한 의복에 끝이 금과 은으로 장식된 지팡이를 들고 있는 기병 대여섯 명이 베들레헴 문으로 나왔다. 조금 전에 들어갔었던 나블루스에서 온 기사들과 말을 탄 시종 몇 명도 같이 있었다. 그들에게 인사를 하러 다가가자 우리 주위를 에워쌌다. 우리들은 베들레헴 문으로 들어가기 시작했다. 그때 간밤에 페스트로 목숨을 잃은 시체 세 구를 내오고 있었는데, 운반하는 이들과 길을 놓고 성문의 어두운 천장 아래에서 말다툼이 오갔다. 성문을 지나고 얼마 되지 않아 작고 초라한 집들이 있는 광장에 이르렀다. 황폐해진 몇몇 정원들은 담벼락이 다 무너져 있었다. 조금 더 길을 따라갔다. 그 길은 어두컴컴하고 더럽고 아주 좁은 길로 뻗어져 있었다. 길에는 통치자의 근위보병이 봉을 치켜들고 내는 목소리에 맞춰 성벽에 바짝 붙어 시체를 운반하느라 발걸음을 재촉하는 이들만 있었다. 작은 노점 앞에 앉아 누더기 옷을 뒤집어 쓰고 무릎 위에 바구니를 올려놓고 빵과 과일을 파는 상인들이 군데군데 있었다. 그들은 마치 대도시의 상인들처럼 큰 소리로 물건 종류를 외쳤다. 집의 창틀 사이로는 가끔씩 베일을 두른 여인이 보였다. 어린아이가 작고 컴컴한 문을 열고 나왔다. 가족을 위해 먹을 것을 사러 나온 것이다. 이 작은 거리들은 도처에 쓰레기더미로 넘쳐났다. 특히 파란색으로 물들인 면옷 조각이나 넝마가 많았는데 바람에 낙엽처럼 뒹굴어 다녀 발길에 채이는 것을 피할 수 없었다. 길거리를 뒤덮은 이 오물들 때문에도 페스트는 쉽게 전염된다. 우리들은 지금까지 예루살렘의 거리에서 한 민족의 거주지라는 것을 나타내 주는 그 어떤 것도 보지 못했다. 풍요로움, 움직임, 생명의 그 어떤 징후도 보지 못했다. 그리스나 시리아의 다른 도시들에서도 이미 그랬던 것처럼 겉에 보이는 모습에 우리는 속아 넘어갔다. 알프스나 피레네 산맥에 있는 가장 초라한 산골마을이나 하층계급의 노동자들이 주로 모여 사는 교외의 가장 후미진 골목길조차 이 길보다는 더 청결하고 사치스럽고 우아하기까지 했다. 우리는 아라비아산 말을 타고 가는 베두인 기수들만 몇몇 볼 수 있었다. 말의 다리가 포장된 도로 바닥이 팬 곳에 미끄러지거나 빠지기도 했다. 시리아나 레바논의 원로들처럼 고상해 보이거나 기사다워 보이지 않았다. 사나워 보이는 얼굴에 독수리 눈을 하고 산적같이 옷을 입고 있었다.

모두 비슷비슷해 보이는 길들을 얼마 동안 돌아다녔다. 가끔 서방교회 수도원의 통역사가 우리를 멈춰 세웠다. 폐허가 된 투르크 집, 벌레 먹은 나무로 된 낡은 문, 무어 양식의 창문 잔해들을 보여 주면서 "자, 여기가 베로니카의 집*입니다, 방황하는 유대인**의 집 문입니다. 고대 로마재판소의 창문입니다"라고 했다. 이 말들은 우리에게 나쁜 인상만 주었을 뿐이다. 통역사의 말과 달리 눈에 보이는 모습은 분명하게 오늘날의 것이었고, 터

---

* 베로니카(St. Veronica)는 예수가 십자가를 지고 골고다 언덕을 오를 때 그의 얼굴에 흘러내린 피와 땀을 수건으로 닦아 주었다고 전하는 여인이다. 현재 이곳에는 그리스정교회가 1882년에 세운 교회가 자리하고 있다.

** 유럽 중세 시대에 널리 알려진 전설 속 인물이다. 형장으로 끌려가는 예수가 도중에 물을 달라고 청하였는데 이를 거절한 유대인은 영원히 죽지 못하고 세상을 떠돌아다니게 되었다고 한다. 신화적 요소를 담고 있는 이 전설은 많은 문학작품의 소재가 되었다.

무늬없는 증거들은 명백히 믿을 수 없는 것이었다. 물론 이런 기만 행위는 누구의 잘못도 아니다. 언제부터 그랬는지 알 수도 없는 일이다. 아마 순례자들에게 몇백 년 전부터 반복한 일이 아니었겠는가. 무지한 맹신이 이런 거짓말을 만들었을 것이다. 서방교회의 수도원 지붕을 보여 주었지만, 우리들은 그곳에 들어갈 수 없었다. 수도원에는 40여 명의 성직자들이 있었는데 페스트 때문에 문을 닫아 걸었다. 수도원에 딸린 작은 집만이 예루살렘 교구사제의 감독 아래 이방인들에게 열려 있었다. 집에는 방이 한두 개밖에 없었고, 그 방들마저도 사람들이 꽉 차 있었다. 사람들이 우리를 열주 회랑으로 둘러싸인 작고 네모난 안뜰로 안내했다. 수도원의 안뜰이었다. 성직자들이 이층 테라스로 나와서 우리와 스페인어나 이탈리아어로 얼마 동안 이야기를 나누었다. 그들 중 아무도 프랑스어를 하는 사람이 없었다. 우리가 본 성직자들은 거의 모두 온화하고 행복해 보이는 얼굴을 한 노인들이었다. 그들은 우리를 즐거이 진심으로 반겨 주었다. 그리고 널리 만연한 재앙 때문에 우리처럼 페스트를 옮기기 쉬운 방문객들과 이야기하는 것이 금지된 것을 몹시 아쉬워했다. 우리는 그들에게 유럽의 소식을 전해 주었고, 그들은 우리에게 물품을 제공해 주었다.

푸주한이 우리를 위해서 양도 몇 마리 잡았다. 수도사들은 줄을 이용해 이층 테라스에서 아래로 갓 구운 빵을 내려 주었다.

십자가와 묵주, 다른 성물들도 같은 방법으로 우리에게 전해졌다. 수도원에는 이런 물품들이 항상 충분히 갖춰져 있었다. 우리는 보답으로 수도원에 약간의 헌금을 내면서 키프로스와 시리아의 친구들이 전해 달라고 맡긴 편지를 건네 주었다. 우리가 수도사들에게 전해 주는 모든 것들은 우선 철저한 훈증요법으로 소독한 후 찬물에 담갔다가 줄 끝에 달린 청동그릇에 담아 위층으로 올려 보냈다. 이 불쌍한 성직자들은 우리보다 더 주변에 있는 위험을 무서워하는 것 같았다. 위생 규칙을 지키는 데 있어 작은 경솔함이 순식간에 수도원 전체를 없어지게 할 수 있다는 것을 깨달았기에 규칙을 철저히 지켰다. 그들은 우리가 어떻게 위험천만한 전염병의 바다에 기꺼이 몸을 던질 수 있었는지 전혀 이해하지 못했다. 반대로 예루살렘 교구의 주임신부는 신자들이 운에 맡겨지는 것이 불가피해지자 페스트는 걱정할 게 없다고 우리를 설득하려고 했었다. 수도사들과 삼십 분쯤 이야기를 나누었을까, 미사를 알리는 종이 울렸다. 우리들은 감사의 뜻을 표하였고 그들은 우리가 여행을 잘 끝마치기를 축원해 주었다. 우리들은 전해 받은 물품과 식량을 잘 챙겨 수도원 뜰에서 나왔다.

앞서 설명한 길과 닮은 길을 몇 골목쯤 걸어 내려오자 올리브산 북쪽의 작은 광장에 이르렀다. 왼쪽으로 계단을 몇 단 내려가자

벽이 없는 성당의 안뜰에 다다랐다. 이 뜰은 성묘교회의 정면을 향하고 있다. 성묘교회는 너무나도 잘 알려져 있기에 새삼 설명을 덧붙이지는 않겠다. 특히 외관으로 보면 비잔틴 시대의 아름다운 건축물이었다. 이 성당이 건축될 당시 건축물은 육중하며 웅장하고 화려했다. 성묘교회는 '사람의 아들'의 무덤 위에 사람들의 신앙심으로 세워진 훌륭한 건축물이었다. 같은 시대에 지어진 다른 건물들과 비교해 보면 월등하게 뛰어나다는 것을 알 수 있다. 규모가 더 큰 아야소피아 성당Ayasofya, 터키 이스탄불에 있는 비잔틴 건축의 대표적 걸작인 성당도 형태 면에서 보면 별로 세련되지 않다. 이 성당의 외관은 마치 바위언덕 옆에 다른 바위산이 붙어 있는 것처럼 보인다. 하지만 성묘교회는 잘 가다듬은 돔 모양으로 섬세하며 능숙한 솜씨로 깎아 만든 문·창문·상부장식, 코니스cornice, 서양 건축 벽면에 수평의 띠 모양으로 돌출한 부분까지 더없이 귀중한 가치를 더하고 있다. 마치 돌덩이도 인간이 가질 수 있는 가장 고귀한 생각으로 세워진 이 건축물에 들어올 만한 자격을 갖추기 위해 부드러운 레이스가 된 듯하다. 성묘교회를 세워 올리게 된 이러한 생각이 건물 전체에 자세히 쓰여 있었다.

사실 오늘날의 성묘교회는 콘스탄티누스 황제Constantinus I, 274~337의 어머니 헬레나 황후가 건립하게 했던 그 건물이 아니다. 예루살렘의 왕들은 교회를 새로 고쳐 짓기를 거듭하였다. 반은 서양 양식이고 반은 동양의 건축물에서 영향을 받은 무어 양식으로 이 건축물은 아름답게 장식되었다. 교회의 외부 형태는 전체적으로 비잔틴 양식이며 부분 장식에서는 그리스식, 고딕식, 아라베스크 양식을 볼 수 있었다. 건물의 정면에는 시간과 야만인들이 남겨 놓은 흔적인 상처들마저 고스란히 남아 있었다. 그 모습은 사람들이 그곳에 대해 갖는 생각과 그곳이 나타내고자 하는 생각과 별반 다르지 않았다. 사람들은 그 모습에서 제대로 되지 않은 생각과 인간의 손에 의해 더럽혀진 기억에 대한 비통한 감정을 느끼지 못한다. 반대로 사람들은 본의 아니게 서로 말을 한다. 바로 내가 기다렸던 바이다. 인간이 할 수 있는 최선을 다한 것이다. 건물은 무덤과 어울리지 않았다. 오히려 이 위대한 무덤을 찬양하고자 하는 인간이라는 종족에게나 어울렸다. 이런 첫 인상을 가지고 어둡고 둥근 천장 모양의 입구에 들어섰다. 교회 중심부로 통하는 이 입구에 들어서면 왼쪽으로 옛날에 조각상이 세워져 있던 벽감niche에 투르크인들이 그들의 좌식 형태의 긴 의자를 설치해 놓았다. 이들이 성묘교회의 관리인들이다. 그들만이 교회의 문을 여닫을 수 있는 권한을 가지고 있다. 길고 하얀 수염을 늘어뜨린 대여섯 명의 투르크인들이 값비싼 양탄자가 깔려 있는 긴 의자에 웅크리고 앉아 있었고, 그들 주위로 양탄자 위에는 커피잔과 파이프 담배가 놓여 있었다. 그들은 우리에게 정중하고 부드럽게 인사를 건넸다. 그리고 관리인들 중 한 사람에게 교회 곳곳에 우리와 함께 동행하라고 명령했다. 나는 그들의 얼굴과 몸짓, 말투에서 사람들이 흔히 불경스럽다고 탓하는 그 어떤 점도 찾아볼 수 없었다. 그들은 교회 안에 들어가지 않고 문 근처에서 지키고 있었고, 기독교인들에게 말을 할 때는 장소와 방문의 목적에 걸맞은 근엄함과 공손함을 지니고 있었다. 이들은 전쟁을 통해 기독교의 성소를 소유하게 되었지만 바람에 흩어지는 한 줌의 재로 파괴해 버리지는 않았다. 기독교 종파들은 서로 성소를 두고 다투기만 하지, 지키는 것과 거리가 멀어 보인다. 하지만 그들은 오히려 질서를 유지하고, 경비를 세우고, 무언의 존경을 표함으로써 성소를 보존하였다. 각기 다른 종파가 그들의 의식대로 성묘에서 드리고 싶어 하는 예배를 드릴 수 있도록 모두를 위해, 기독교인의 이름을 지닌 모든 사람들의 공동의 유물이 지켜질 수 있도록 주의를 기울이는 것이다. 투르크인들이 아니었다면, 그리스정교도들과 가톨릭 교도들, 그리고 수많은 기독교 이념의 분파들이 다투는 이 무덤은 이미 무수하게 종파 간의 증오에 찬 경쟁적인 분쟁의 대상이 되었을 것이다. 번갈아 가며 어느 편의 손에 들어가더라도 아마 적대관계의 종파에게는 금지시켰을 것이다. 나는 무엇 때문에 투르크인들을 비난하고 욕을 하는지 그 이유를 알 수 없었다. 무지한 이들이 그들을 비난하는 이유로 드는 이른바 부당하고 난폭한 배타성이란 것은 오히려 다른 사람들이 숭배하고 찬양하는 것에 대한 관용과 존경으로만 나타난다. 무슬림들은 인류의 사유에서 신의 심상心像을 보는 곳이라면 어디에서든 몸을 숙여 경의를 표했다. 그들은 심상이 형태를 신성화한다고 생각한 것이다. 그들이야말로 유일하게 관대한 민족이었다. 만일 전쟁의 운명이 기독교인들에게 메카Mecca와 카바Kaaba, 메카에 있는 이슬람의 제1성전으로 이슬람 신앙의 중심이다를 내주었다면? 어떻게 했을지 자문해 봐야 할 것이다. 투르크인들이 유럽과 아시아 각지에서 평화로이 이슬람교의 성지들을 숭배하러 갈 수 있었을까?

입구 마지막 부분에 이르자 교회의 둥근 천장이 눈에 들어왔다. 천장 중앙에는 마치 보석 안에 다른 보석이 박혀 있는 것처럼 커다란 기념물 안에 작은 기념물이 있는 것 같았다. 안쪽의 기념물은 몇몇 장식기둥과 돋을무늬와 둥근 대리석 천장으로 꾸며진 긴 네모꼴 모양으로서 모든 것이 조화를 이루지 못하고 이상하게 부자연스러워 보였다. 이 기념물은 1817년 한 유럽의 건축가에 의해 세워진 것으로 건축 비용은 현재 건물을 소유하고 있는 그리스정교회가 댔다. 성묘교회 안에 자리 잡고 있는 또 하나의 이 작은 건물 주위에는 밖에서 보이는 거대한 지붕 아래의 빈 공간이 있었다. 사람들은 자유롭게 오가며 높게 뻗은 기둥들, 그리스도 수난의 신비가 하나씩 꾸며진 기도소들을 찾아볼 수 있었다. 기도소에는 그리스도가 십자가에 못 박혀 죽음으로써 인간의 죄가 사함을 받는 구원의 장면들에 연관된 당시의 사실적이거나 가정적인 증거들이 몇 가지 보관되어 있었다. 둥근 천장 아래를 벗어난 성묘교회의 부분들은 그리스 교회분리주의자들에게만 허락된 공간이었다. 교회의 중심부를 양쪽으로 나누고 있는 나무판에는 색이 칠해져 있었으며, 그 위를 그리스 유파의 그림들이 뒤덮고 있었다. 벽과 제단은 지나치리만큼 많은 이상한 그림들과 온갖 종류의 장식들이 넘쳐남에도 불구하고 전체적으로는 엄중하고 종교적인 인상을 불러일으켰다. 모든 형태의 기도가 이 성소에서 올려졌음을, 맹신하긴 하지만 열정에 차 있던 세대들이 신 앞에서 귀한 것을 가지고 서 있다고 믿었던 것들을 모두 축적해 놓은 것을 알 수 있었다. 바위를 깎아 만든 계단으로 올라가면 십자가 세 개가 세워졌던 곳에 다다르게 된다. 십자가가 세워진 언덕, 무덤 등 대속의 드라마와 관련된 여러 장소가 보잘것없이 작은 규모의 건물 안에 모여 있었다. 복음서에 따른 이야기와는 거리가 있어 보였다. 시온의 성벽 밖, 현대식 벽으로 둘러싸여 막힌 처형의 장소, 즉 십자가가 세워졌던 언덕에서 오십 보 거리에 아리마대 요셉Joseph of Arimathea*이 예수를 묻었던 바위 무덤을 찾는다는 것은 조금도 예기치 못한 일이었다. 그러나 전승에 따르면 그것이 사실이다. 역사적인 사실과 전설 사이에 약간의 차이가 있다고 해서 이와 같은 장면에

---

* 예수의 비밀제자 중 한 명으로 빌라도 총독에게 위험을 무릅쓰고 처형당한 예수의 시신을 청하여 십자가에서 내린 후 유대식 장례방법대로 바위에 무덤을 파고 장례를 치렀다는 행적으로 알려진 인물이다.

대해 부인하지는 않는다. 정확한 장소가 여기든 저기든 사람들이 말해 온 장소에서 멀지는 않았다.

우리들은 이 성소의 각 지점에서 각자에게 주어진 묵상의 시간을 보낸 후 교회 내부로 내려왔다. 묘를 포장하고 있는 듯하기도 하고 돌로 된 커튼 같기도 한 안쪽 건물로 들어갔다. 공간은 두 개의 작은 지성소로 나뉘어 있었다. 첫번째 지성소에는 성녀들의 부름에 그분은 여기에 없고 부활하셨다라는 대답을 준 천사들이 앉아 있던 돌이 있었다. 두번째이자 마지막 지성소에는 성묘로 썼던 본래의 바위를 둘러싸다 못해 그의 존재마저 모두 꽁꽁 숨기려는 듯 하얀 대리석으로 된 일종의 석관을 덮어 씌운 성묘가 있었다. 금과 은으로 된 램프가 줄곧 그래 왔던 것처럼 환하게 빛을 밝히고 있었다. 하루 종일 향을 피워 공기 중에 훈훈한 기운이 느껴졌고 온통 향 냄새가 진동했다. 우리들은 각기 한 사람씩 들어갔다. 교회의 주임신부 누구도 우리와 함께 그곳에 들어갈 수 없었다. 첫번째 지성소와는 붉은 실크로 된 커튼으로 분리되어 있었는데, 우리들은 이 장소가 가지는 장엄함이나 각자의 생각과 종교의 특성과 법도에 따라 떠올릴 수 있는 마음속 깊은 곳에 우러나오는 감동을 방해할 어떠한 시선도 원치 않았다. 우리들은 각자 십오 분 정도 머물렀다. 들어갔다 온 이들의 두 눈은 모두 촉촉히 젖어 있었다. 마음속 명상의 형태가 무엇이건 간에 장소와 관련된 이야기와 시간과 인간의 마음과 정신의 변화는 사람들이 마음속에 어머니가 가르쳐 준 교리로서 기독교에 대한 지식을 지니고 있든, 마음에서 우러나온 기독교 철학을 품고 있든, 십자가 처형을 당한 그리스도를 자신의 신으로 여기고 있든, 단지 그를 최고의 선을 위한 덕행으로 신성화된 그리고 아버지에게 증거를 보이기 위해 기꺼이 죽은 최고의 성인으로만 여기든, 예수는 예수는 신의 아들 또는 인간의 아들, 인성을 지닌 신성 또는 신성화된 인성이며, 기독교는 예수에 대한 기억과 마음과 상상력을 지닌 종교인 것을 알려 주었다. 기독교는 그렇게 온갖 세파 속에서도 흩어져 사라지지 않았다. 초기 신앙의 장소와 눈에 보이는 건물들의 모습은 그에 대한 인상들을 일신시키지도 않지만 엄숙한 떨림으로 무너져 버리게 하지도 않는다. 기독교인 또는 철학자에게, 도덕가 또는 역사가에게 이 무덤은 신세계와 구세계, 두 세계를 나누는 경계선이다. 세상을 뒤바꾼 사상의 출발점이자 모든 것을 변화시킨 문명의 출발점이며 온 세상에 반향을 일으킨 말씀의 출발점이다. 이 무덤은 구세계의 성묘이고 신세계의 요람이다. 이승의 어떤 돌도 이렇게 광대한 대*건축물의 토대가 아니었다. 어떤 무덤도 그 안에 이토록 풍부한 내용을 품고 있지는 않았다. 3일 아니 300년 동안 숨겨졌던 그 어떤 교의도 인간이 무덤 위에 봉해 놓았었던 것만큼 영광스럽게 바위를 깨뜨리지 못했고 그렇게 영원히 빛나는 부활로 죽음을 부인하게 하지 못했다.

나는 차례를 기다려 맨 마지막에 성묘 안에 들어갔다. 머릿속은 이런저런 생각으로 가득 찼고 마음에는 인간과 영혼, 생각하는 미물과 조물주 사이에 신비로 남아 있는 벅찬 감동이 밀려들었다. 당시의 깊은 감동은 말로 뭐라 형용할 수가 없다. 이 감격스런 느낌은 램프의 엄숙한 연기와 향로의 향과 숨소리와 뒤섞인 아련한 속삭임과 더불어 조용히 발산되었다. 어린 시절 옹알이를 하기 시작했을 때 처음으로 배운 아버지와 어머니의 이름, 함께 웅얼거렸을 형제와 친구들의 이름들을 떠올리자 감동의 벅찬 눈물이 떨어졌다. 인생의 순간마다 우리의 영혼을 감동시킨 모든 경건한 느낌, 우리에게 기도하는 것을 가르쳐 준 이의 이름으로 마음과 입에서 나오는 모든 기도, 모든 기쁨, 모든 슬픔이 영혼 깊은 곳에서 깨어났다. 반사적으로 눈부신 지혜와 순화된 마음이 말을 통해서가 아니라 젖은 눈과 벅찬 가슴과 숙여지는 이마와 성묘의 돌 위에 조용히 갖다 대는 입술에서 묻어났다. 나는 가장 아름다운 기도가 처음으로 하느님에게 향했던 바로 그 장소에서 하느님과 아버지에게 기도를 하며 한참을 머물러 있었다. 이승에 계신 나의 아버지와 저승에 계신 어머니를 위해, 그리고 보이지 않는 끈으로 연결된, 현존해 있거나 그렇지 않은 모든 이를 위해 기도했다. 내가 알았던 그리고 사랑했던, 그리고 나를 사랑했던 모든 이의 이름이 성묘교회의 돌 위에서 내 입술로 스쳐갔다. 그러고 나서 나를 위해 기도했다. 나의 기도는 불같이 강렬했다. 세상에 최상의 진리를 보여 주고, 말씀이었던 진리를 위해 최고의 희생으로 죽은 이의 무덤 앞에서 진리와 용기를 달라고 빌었다. 나는 심적으로 혼란한 이 순간에 중얼거렸던 말들을 영원히 기억할 것이다. 아마도 내 소원이 이루어진 것 같다. 이성과 신념의 밝은 빛이 내 지성을 가득 채우고, 빛을 어둠에서 그리고 오류를 진리에서 확실하게 갈라 놓았다. 인생에서는 그런 순간들이 있다. 오랫동안 모호하고 의심쩍고, 마치 밑바닥이 없는 물결처럼 흔들거리는 인간의 생각들은 물가에 이르러 부서져 버리고 모양만 다르게 다시 똑같은 생각으로 되돌아오고 마는 순간들 말이다. 그때가 바로 내게 그런 순간들 중 하나였다. 생각과 마음을 살피는 이는 그것을 알고 있다. 아마도 언젠가 나 자신도 그것을 이해하리라. 그것은 내 인생에 있어서 더 나중에야 밝혀지게 될 수수께끼였다.

우리들은 성묘교회에서 나와 샤토브리앙이 그렇게나 시적인 여정이라 했던 '비아 돌로로사'Via Dolorosa*를 따라갔다. 그렇게 놀랄 만한 것도 그럴듯한 것도 별로 없었다. 순례 여행에 나선 수도승들이 그리스도의 수난을 기리는 지점마다 확실한 유적을

* '십자가의 길'이라는 뜻의 라틴어로, 빌라도의 법정에서부터 골고다 언덕까지 그리스도가 십자가를 지고 걸은 수난의 길을 말한다. 이 길 위에는 각각의 의미를 지닌 14개지점이 있으며, 이 중 제10~14지점은 성묘교회 안에 있다.

만들기 위해 현대식으로 지은 허름한 오막살이가 있었다. 눈은 의심하지 않게 한다. 이곳의 이야기가 전하는 모든 믿음은 이미 초기 기독교 역사에서 깨졌다. 당시의 예루살렘은 돌 위에 돌 하나 남아 있는 것이 없었다. 오랫동안 이 도시에서 기독교인들은 추방당했었다. 예루살렘에는 성스러운 연못과 왕들의 묘를 제외하고는 위대했던 당시의 그 어떤 흔적도 남아 있지 않았다. 몇몇 자리만이 겨우 그 흔적을 알아볼 수 있었다. 오늘날 거대하고 아름다운 오마르 모스크가 세워져 있는 솔로몬의 성전 자리, 아르메니아인들의 수도원과 다윗의 묘가 있는 시온산을 들 수 있지만, 대부분의 장소는 확실성을 가지고 "바로 그곳이다"라고 단언하기에는 실질적인 증거가 부족하여 의심의 여지가 있는 이야기에 불과하다. 여호사밧 계곡 쪽의 벽을 제외하고는 어떤 돌도 그 모양새나 색에 날짜를 새겨 넣고 있지는 않았다. 모든 것이 가루가 되었거나 아니면 근래의 것들이었다. 예루살렘을 떠받들고 있는 언덕과 도시를 둘러싸고 있는 여러 계곡들, 그 중에서 가장 깊은 기드론 계곡이 만들어 낸 도시 전체가 눈으로 확인할 수 있는 하나의 기념물이었다. 이곳이 바로 시온다윗이 세운 고을, 예루살렘의 별칭이기도 하다이 있었던 곳이다. 거대한 민족의 수도라고 하기에 걸맞지 않은 한심스러워 보이는 것이 오히려 지상에서 추방당한 작은 민족의 천혜적인 요새라 할 수 있겠다. 다닐 수 있는 길도 없이 바위들만 널려 있고 물도 없이 메마르고, 게

다가 날씨는 거칠고 보이는 거라고는 화산 분화구의 불로 검게 그을린 산, 아라비아와 여리고의 산, 해변도 없고 항해하는 배도 없는 냄새 고약한 바다인 사해뿐이고, 추방당한 민족이 이곳으로 피신해 들어와 신을 모시고 성전을 세워도 아무도 그에 맞서 싸우며 빼앗으려고 할 이유가 없는 곳이 아니겠는가!

역사가 시작된 이래 줄곧 추방당해야 하는 운명을 지닌 유대 민족의 땅 유대 광야가 눈앞에 펼쳐졌다. 산악 지대의 가장 높은 정상에 마치 독수리의 둥지처럼 자리 잡고 있는, 유대민족에게는 금단의 땅이 되어 버린 예루살렘을 두고 여러 국가들은 다투기도 하였다. 하지만 유대민족 자신은 통일이라는 신의 고귀한 생각을 가지고 있었다. 이 기본적인 생각 속에 진실이 있다는 것만으로 그들이 다른 민족들과 분리되고 또 자신들이 추방당하는 것을 명예롭게 생각하면서 신의 교리를 믿기에 충분했다.

헐벗고 초라하고 파괴된 여러 구역들을 둘러본 후 솔로몬 신전 자리에 자리 잡고 있는 그 유명한 이슬람 사원 쪽으로 내려왔다. 사원의 정원과 벽 쪽에 인접한 건물에 예루살렘의 통치자의 궁정이 있었다. 우리들은 통치자에게 감사의 인사를 전하러 갔다. 궁정의 뜰은 철창 감옥으로 둘러싸였는데 그 안에는 예리코 Jericho와 사마리아 Samaria의 도적들이 풀려나게 될지 참수형에 처하게 될지 판결을 기다리고 있었다. 말 발치에 누워 있는 기병들, 사막의 족장들, 나블루스의 아랍인들이 계단이나 헛간 아래에 삼삼오오 모여 회합 시간을 기다리고 있었다.

통치자는 우리가 도착한 것을 알고 아들을 보내 우리더러 올라오라고 하였다. 나이가 서른 살쯤 되어 보이는 청년은 아랍인들 가운데서 아니 그보다 아마 내 인생에서 본 사람들 가운데 가장 잘생긴 듯했다. 그의 표정에서는 강인함과 기품, 지성미와 부드러움이 조화를 이루며 풍겨났다. 파란 눈에는 사람의 마음을 끌어당기는 빛이 발하고 있었다. 우리는 모두 그의 모습에 매료되어 잠시 동안 꼼짝도 하지 않았다. 사마리아인이었다. 예루살렘의 통치자인 그의 아버지는 나블루스의 아랍인들에게 절대권력자이다. 투르크의 통치 기간에 아크레의 파샤 압달라에 의해 박해받으며 종종 전쟁을 치르는 동안 그는 가족을 데리고 사해 너머 산으로 몸을 피할 수밖에 없었다. 이브라힘 파샤Ibrahim Pasha*가 압달라를 굴복시킨 후에야 조국으로 돌아올 수 있었다. 부와 영향력을 되찾은 그는 적들을 고향에서 추방하였다. 이집트의 총독은 유대 지역에 이집트인들의 병력이 부족한 것을 보충하기 위해 이브라힘에게 사마리아와 예루살렘의 통치를 일임하였다. 바닥에 양탄자 몇 장, 파이프, 커피잔 말고는 아무런

---

* 19세기 초 이집트의 재상으로 1831~1832년 팔레스타인과 시리아 지역의 반란을 진압한 공로로 이 지역의 총독이 되었다. 그의 치세기에 이 지역의 기독교인들은 수 세기에 걸친 차별을 면하고, 무슬림과 똑같은 정치적·종교적 권리를 누리게 되었다.

장식도 없는 넓은 방으로 들어갔다. 통치자 주위를 노예 몇 명과 아라비아인 군인들, 그리고 무릎을 꿇은 채 손에는 무언가 쓰고 있는 비서들이 둘러싸고 있었다. 예루살렘의 통치자는 재판을 하고 명령을 지시하느라 바빴다. 그는 우리가 다가가는 것을 보고 자리에서 일어나 우리 쪽으로 와서는 페스트를 옮기기 쉬운 양탄자를 걷어 내라고 명령했다. 대신에 바닥에 이집트 돗자리를 깔게 했다. 우리가 자리를 잡자 그들은 담배와 커피를 권했다. 우리는 통역관을 통해 내 이름으로 관례적인 인사말을 전하도록 했다. 우리 같은 외국인들이 그들의 성소마저 어려움 없이 방문할 수 있도록 도움을 준 것에 대해서 감사의 인사를 전하였다. 그는 부드러운 미소를 띠고 당연히 해야 할 일을 했으며 이브라힘의 친구는 곧 자신의 친구라고 말했다. 게다가 그동안 내게 베풀어 준 도움 말고도 내가 원하기만 한다면 자기 부하들을 데리고 내가 보고 싶어 하는 곳에 자기가 같이 가줄 수 있다고도 했다. 그것이 파샤가 그에게 내린 명령이었던 것이다. 통치자는 우리에게 전쟁에 관한 소식도 들려주었다. 나는 그가 내심 기뻐할 만한 대답을 주고 싶어 유럽은 이브라힘 파샤가 계몽군주이자 정복자라는 것에 감탄하고 있으며, 그 때문에 파샤가 승리하는 것이 유럽에도 좋은 일이라고 말해 주었다. 또한 동방은 훌륭한 통치의 혜택을 받을 때이며, 이브라힘 파샤는 아라비아에 유럽의 문명을 전하는 군인 선교사이고 그가 우리에게 보여 준 용

맹함과 전술은 카라만^{Karaman}에서 그에 맞선 재상을 무찌를 수 있다는 확신을 주었고, 외모만 봐도 대승을 거두고 콘스탄티노플로 나가게 될 것이 확실하며, 그곳에 입성하지 못하게 된다면 유럽인들이 그렇게 내버려 두지만은 않을 것이며, 아라비아와 시리아에 대한 영원한 통치권을 지켜 줄 것이라 덧붙였다. 그 순간 나블루스의 늙은 반란자는 감동하고 있었다. 그의 눈빛이 그것을 말해 주었다. 그의 아들과 친구들도 행여 말 한마디라도 놓칠까 내 쪽으로 상체를 기울이고 있었다. 그들에게는 사마리아를 오랫동안 평화롭게 지배할 수 있다는 징조로 여겨졌다.

나는 통치자가 기분이 좋은 것을 눈치챌 수 있었고 그들의 관습을 거스르지 않도록 엘-사카라 모스크 안에는 들어가지 않고 밖에서만 보겠다고 말했다. 그러자 통치자는 내가 요구만 한다면 문을 열어 주겠다고 대답했다. 하지만 그렇게 되면 도시의 무슬림들을 심각하게 자극하는 상황에 처하게 될 수 있다며 그들이 아직 아무런 상황을 모르고 있고, 기독교인이 엘-사카라 모스크 안에서 신에게 소원을 빌면 그것이 무엇이든 이루어지리라는 예언 때문에 무슬림들은 기독교인이 모스크 내부에 들어가는 것은 자신들에게 커다란 위험이 된다고 믿고 있고, 당연히 기독교인은 예언자의 종교^{이슬람교}가 몰락하고 무슬림들이 몰살되기를 신에게 기도할 것이라고 믿고 있다는 말을 덧붙였다. 또한 예루살렘의 통치자는 자신의 생각은 다르다며 모든 인간은 형제이고 각기 다른 그들의 언어로 같은 아버지를 찬양하고 있으며, 아버지는 누군가를 희생시켜 다른 누구에게 무엇을 주시지 않으며, 예언자를 찬양하는 모든 이들에게 빛을 내려 주시며, 사람들은 아무것도 알지 못해도 "신은 모든 것을 알고 계신다. 신은 위대하시다"고 말했다. 그리고는 머리를 숙이며 웃음을 지어 보였다. 나는 그의 호의를 남용하고 싶지 않으며, 한낱 여행객의 호기심을 채우고자 그를 곤경에 처하게 하고 싶지 않다는 뜻을 전했다. 그리고 엘-사카라 모스크에 들어가더라도 그 어느 민족의 전멸을 기도하지 않을 것이며, 알라신의 모든 자손들의 빛과 행복을 위해 기도할 것이라는 말을 끝으로 우리는 자리에서 일어났다. 통치자는 복도를 지나 창가 쪽으로 우리를 안내했다. 창밖에는 사원의 외부 마당이 보였다. 올리브산 정상에서 보는 것과 달리 이곳에서는 사원 전체를 한눈에 볼 수 없었다. 사원의 둥근 지붕의 일부 벽과 가장 우아한 무슬림 건축 양식의 몇몇 회랑과 사원 내부의 정원에 있는 실편백나무의 꼭대기만 보였다.

나는 통치자와 작별인사를 나누며 예루살렘 근교에서 열흘 정도 머물 계획이고 이튿날 사해와 요르단, 에리코와 돌로 뒤덮인 아랍 산맥 아래까지 갈 예정이라는 것을 알려주었다. 그리고 오늘처럼 몇 번 더 예루살렘에 오게 될 것이라고 말해 주었다. 마지막으로 통치자에게 유대 지역의 여러 곳을 여행하려면 안전을 위해 필요한 기병들의 수가 몇 명인지를 물어 보았다. 우리는 같은 베들레헴 문으로 예루살렘을 빠져 나왔다. 우리가 저녁에 머물 곳과 제일 가까운 문이었다. 저녁이 되어서야 도시 성벽 주위의 성소들을 돌아볼 수 있었던 하루의 여정이 끝이 났다.

예루살렘의 남쪽으로 다윗의 무덤과 여호사밧 계곡 사이에 펼쳐진 비탈길을 돌아다니다 보니 저녁이 되었다. 이곳은 예루살렘에서 유일하게 녹지를 볼 수 있는 곳이다. 석양이 물들기 시작했고 나는 올리브산을 바라보며 실로암 연못에서 멀리 떨어지지 않은 곳에 자리를 잡고 앉았다. 이 자리는 아마도 다윗의 정원이 있었던 곳이 아닐까 한다. 여호사밧이 발 아래 내려다보였다. 신전의 높은 성벽은 내 왼편으로 조금 높이 있는 것 같았다. 엘-악사 모스크의 주랑 위로 피라미드 모양의 아름다운 실편백나무의 우듬지가 보였다. '오렌지나무 연못'이라 불리는, 신전의 아름다운 연못을 뒤덮고 있는 오렌지나무의 둥근 모양새도 눈에 띄었다. 이 연못은 아라비아인들이 지어 내어 전승하고 간직해 온 매혹적인 동방의 이야기 하나를 떠올리게 한다. 어떻게 솔로몬이 성전 자리를 선택하게 되었는지 그들의 이야기를 들어 보면 다음과 같다. 예루살렘은 농토였다. 두 형제는 오늘날 신전이 들어서 있는 바로 그 땅을 소유하고 있었다. 형제 중 형은 결혼을 하여 자식을 많이 두고 있었다. 동생은 혼자 살고 있었다.

두 사람은 어머니가 물려준 땅에서 같이 농사를 지었다. 추수 시기가 되자 두 형제는 추수한 곡식을 묶어 들판에 같은 높이로 쌓아 놓았다. 밤이 되자 결혼을 하지 않고 있던 동생이 잠시 생각에 잠기더니 혼잣말로 "형은 돌봐야 할 아내와 아이들이 있으니 내가 형과 똑같이 나눠 갖는 것은 옳지 않아. 가서 곡식단을 몇 개 형한테 몰래 주고 와야겠어. 그럼 아마 형도 알아채지 못할 거야. 이렇게 하면 거절도 못할 테고 말이야"라고 하였다. 동생은 생각한 대로 하였다. 그날 밤 형은 잠에서 깨어 아내에게 "내 동생이 아직 어리고 짝도 없이 혼자 살고 있잖아. 농사 짓는 일을 도와 줄 사람도 없고 힘들 때 위안이 되어 줄 사람도 없고 말이야. 그러니 내가 동생이랑 똑같이 나눠 갖는 것은 옳지 않은 일이야. 그러니 우리가 곡식단 몇 개만 동생에게 가져다주자고. 내일이 되도 동생은 알아채지 못할 거야. 이렇게 하면 거절도 못하잖아"라고 말했다. 부부는 결심을 실천에 옮겼다. 다음날 아침 들판으로 나간 두 형제는 볏단이 똑같이 쌓여 있는 것을 보고 깜짝 놀랐다. 두 사람은 영문도 모른 채 의아하게 생각했다. 며칠 밤 같은 일이 계속되었다. 두 형제는 똑같은 개수의 짚단을 옮겨 놓아서 높이가 항상 같았다. 밤에 일어나는 이 기적의 이유를 알아보기 위해 두 사람은 주의 깊게 살펴보았다. 어느 날 밤 서로에게 갖다 줄 볏단을 나르고 있던 두 사람은 결국 마주치게 되었다. 그런데 바로 착한 생각이 두 사람에게 동시에 떠오르고 계속적으로 일어난 곳이니 신의 마음에 드는 장소였을 것이다. 사람들은 이 장소를 신에게 봉헌하여 거룩하게 하고자 그곳에 신의 집을 짓기로 한 것이다.

얼마나 아름다운 이야기인가! 이 이야기는 가부장적 관습의 순진한 선량함을 생생하게 보여 준다. 미덕이 싹튼 장소를 신에게 바치겠다는 인간의 생각이 얼마나 단순하면서 구식이며 또 순수한가! 나는 아라비아인들에게서 이런 종류의 이야기를 수없이 많이 들었다. 동양의 여기저기서 성경의 기운을 느꼈다.

여호사밧 계곡의 모습은 기독교가 그곳에 부여하고자 하는 사명에 꼭 맞아떨어졌다. 계곡은 마치 광대한 무덤 같았다. 그렇지만 그곳으로 모여드는 사람이 물결을 이루기에는 너무 비좁았다. 계곡은 온통 무덤으로 가득했고, 양쪽으로는 산길이 험준하였다. 남쪽으로 끝자락에 있는 실로아 바위에 벌집처럼 뚫어 놓은 묘혈을 볼 수 있다. 맨 끝부분에 여호사밧과 압살롬Absalom의 무덤이 마치 바위 안에 피라미드를 세워 놓은 것처럼 서 있었다. 계곡 한쪽은 올리브산의 검은 언덕으로 그늘져 있고 다른 한쪽은 무너져 버린 신전의 성벽이 있으니 이곳은 일찍이 도시의 죄수 시체공시장이 될 운명을 지닌 성스러운 고통이 스며 있는 곳이었다. 또한 이곳은 예언자들의 상상력이 애써 발휘되지 않더라도 죽음, 부활, 최후의 심판 장면이 연관된 장소인 것이다. 사람들은 여호사밧 계곡이 양쪽으로 험준한 산에 둘러싸여 있

고 그 사이로 흐르는 검고 넓은 물줄기는 음울한 검은색을 띠고
비통한 소리를 내며 흐르고 있다고 생각한다. 동서남북 사방에
서 온 죽은 이들의 물결이 한꺼번에 지나갈 수 있는 넓은 협곡을
상상하는 것이다. 언덕에 빼곡히 차 있는 수많은 무덤들은 마치
인류 역사의 마지막 순간에 참석하러 올 아담의 수많은 후손들
을 위해 마련된 자리처럼 계단식 대강당의 모습을 하고 있었다.
여호사밧 계곡은 좌우에 높이가 몇백 미터에 다다르는 두 개의
작은 산 사이에 있는 자연적으로 난 작은 계곡이다. 왼쪽 산꼭대
기에는 예루살렘이 있고 오른쪽으로는 올리브산 정상이다. 예
루살렘 성벽이 무너져 내리면서 대부분은 계곡에 쌓였을 것이
다. 계곡의 위쪽으로 멀지 않은 곳에서 시작되는 기드론 강은 겨
울에만 만들어지는 물줄기다. 왕들의 무덤 아래쪽 올리브나무
밭에 방울방울 떨어지는 빗줄기인 것이다. 강 위로 계곡 중간쯤
에 다리가 하나 놓여 있었다. 예루살렘의 문들 가운데 하나와 마
주하고 있는 이 강의 폭은 몇 발자국이 채 되지 않았다. 계곡의
너비 자체가 강폭과 별반 다르지 않은 곳도 있었다. 물도 없는
이 강은 하얀 조약돌이 있는 경사진 바닥을 드러내고 있었다. 한
마디로 여호사밧 계곡은 대도시의 높은 성벽 아래 파놓은 도랑
과 흡사했다. 겨울이면 도심의 하수구에서 나오는 쓰레기들이
떠다녔다. 그리고 도시의 가난한 주민들이 성벽 변두리 한귀퉁
이에 채소를 키울 땅 때문에 서로 다투기도 했다. 깎아지른 산비

탈에 방치된 염소와 당나귀들은 오물과 먼지로 시들어 버린 풀을 뜯어먹을 것이다. 지상의 모든 종파에 속하는 무덤 돌을 땅에 뿌리라, 그러면 당신은 심판의 계곡을 보게 될 것이다.

실로암 연못은 왕들과 예언자들에게 영감을 주는 원천으로서 계곡에 있는 유일한 샘이다. 나는 어떻게 그 많은 여행객들이 샘을 어렵게 찾았어야 했는지 그리고 아직도 샘이 위치하는 자리를 두고 의견이 분분한지 잘 모르겠다. 계곡의 뜨겁고 먼지투성이의 공기 속으로 물내음이 퍼지는 맑고 달콤한 물로 가득한 샘이 여기 있다. 샘은 다윗 성이 있었던 자리의 바위들 사이 깊은 곳에 있었다. 오랜 세월을 거치며 반들반들해진 돌들로 둥그렇게 천장이 만들어져 있었고, 바위 틈새에는 습기로 인해 이끼와 불멸의 담쟁이 덩굴이 뒤덮여 있었다. 계단돌은 실로아 마을에서 항아리에 물을 길으러 온 여인들의 발길에 닳아 마치 대리석처럼 반들반들 윤이 났다. 나는 샘으로 내려가 차가운 돌 위에 잠시 걸터앉았다. 기억 속에 오래 남겨 두고 싶어 샘이 솟아나는 작은 소리에도 귀를 기울였다. 샘의 물로 손과 이마도 닦았다. 나는 오랫동안 잠자고 있던 영감을 깨우기 위해 존 밀턴영국 시인, 1608~1674의 시를 읊조렸다. 예루살렘 근처에서 여행객이 손을 적시고 갈증을 해소하고 시원한 바위 그늘에 머리를 식힐 수 있고 신선한 풀 포기를 조금이나마 볼 수 있는 곳은 이곳이 유일했다. 실로아의 아라비아인들이 석류나무와 몇몇 관목을 심어 놓은 작은 정원이 샘 주위에 푸른 그늘을 드리워 주고 있었다. 이 초목을 자라게 하는 것은 바로 적은 양의 샘물이었고, 여호사밧 계곡은 바로 이곳에서 멈추었다. 더 아래쪽에는 경사가 완만한 작은 평원이 여리고와 성 사바 화산의 깊은 협곡에까지 눈길을 잡아끌었다. 지평선 끝으로 사해가 보였다.

옮긴이 해제

"나는 단지 시인이자 철학자로서 그곳을 방문하였다. 예루살렘은 내 마음속에 깊은 인상을 심어 주었으며, 내 정신은 숭고하고 훌륭한 가르침을 받았다"라고 알퐁스 드 라마르틴Alphonse de Lamartine, 1790~1869은 『근동지방 여행』*Voyage en Orient*에서 적고 있다. 시인이면서 외교관·정치인이었던 라마르틴에게 예루살렘의 풍경은 마치 살아 움직이는 사람처럼 생생하게 그려졌다. 화가의 팔레트에서 살아 있는 색의 그림이 탄생하듯 라마르틴의 눈에 비친 예루살렘의 모든 색과 그가 느끼는 감정들은 시적 언어로 섬세하게 묘사된 것이다. 공기의 미세한 움직임, 깊은 물 속, 하늘에서 쏟아지는 빛은 그의 감각을 일깨웠고, 창조적이고 도전적인 감각은 사막과 빙하, 암벽과 눈사태에서처럼 상반된 이미지의 결합을 통해 선구자적인 면모를 드러내기도 한다.

당시 프랑스는 5세기가 넘는 오랜 왕정이 혁명의 거센 바람에 무너지고 나폴레옹의 등장과 더불어 공화국을 이루었지만 제정정치로의 회귀와 무너지는 공화정을 보며 국민들은 허탈감에 빠지지 않을 수 없게 되었다. 급변하는 세상에서 깊은 실의와 향수에 젖어 들게 되었고 그들을 위로해 줄 무엇이 필요했을 당시 낭만주의적 서정시는 이런 요구에 필연적으로 부응하게 된 것이다. 라마르틴은 1820년 낭만주의 시대의 개막을 알리는 『명상시집』 *Les Méditations poétiques*을 발표하면서 시단의 총아로 부상했다. 끝없는 감정의 토로, 어린 시절부터 가까이한 자연의 아름다움과 사랑과 실의의 감정 등 아름다운 것을 음악적인 문체로 평이하고 순수하면서도 진지하게 감동을 자아내는 최고의 시인이라는 찬사를 받기도 했다.

라마르틴이 오래전부터 꿈꿔 왔던 근동 여행을 떠나기로 결정한 때는 여러 가지 면에서 어려움을 겪고 있을 때다. 개인의 정치적 여정에서의 실패와 더불어 딸아이가 큰 병을 앓고 있었다. 여행을 떠난 것은 근동지방의 날씨가 아이에게 이로울 거라는 생각에서였다. 게다가 1798년 나폴레옹의 팔레스타인 원정에 이은 이집트 원정 이후 프랑스인들은 근동 지역에 심취하기 시작했던 때다. 라마르틴의 문학적 스승인 르네 드 샤토브리앙 René de hateaubriand, 1768~1848은 이교에 대한 기독교의 우월성을 보여주기 위해 『기독교의 정수』 *Le Génie du Christianisme*을 저술하였으며, 기독교적 서사시를 쓰려는 계획을 안고 팔레스타인으로 여행을 떠났었다. 샤토브리앙은 여행에서 돌아온 후 저서 『순교자들』과 『파리에서 예루살렘으로의 여행』을 발표하였다. 당시 낭만주의라는 사조는 고대와 신화적인 주제들을 거부하고 유럽 문명의 시작인 중세와 민족적 전설로의 회귀를 설파하였다. 예루살렘은 기사도 정신과 오리엔탈리즘이 교차하던 당시의 분위기에서 이상적인 도시로 여겨졌던 것이다. 대문호 빅토르 위고Victor Hugo, 1802~1885는 『동방시집』Orientales을 펴냈고, 낭만주의의 대표적인 화가인 외젠 들라크루아Eugène Delacroix는 1824년 오스만 투르크 제국에 대항하는 그리스인들의 독립전쟁을 주제로 한 「키오스 섬의 학살」, 「십자군의 콘스탄티노플 입성」, 「갈릴리 호」를 완성하였다. 산업혁명 초기에 있던 유럽은 십자군전쟁 이후 다시 예루살렘에 관심을 갖게 되었고 동양은 유행이 되었던 것이다. 라마르틴이 자신의 여행기에서 묘사하고 있는 예루살렘은 1832년부터 1841년까지 프랑스의 지지를 받아 시리아를 점령하고 있던 이집트 총독 메헤메트 알리Méhémet Ali의 지배를 받고 있었던 곳이다.

• • •

알퐁스 드 라마르틴은 프랑스 대혁명이 일어난 이듬해인 1790년 포도주로 유명한 부르고뉴 지방의 마콩Mâcon이라는 도시에서 하급귀족 집안의 아들로 태어났다. 그의 부모는 독실한 가톨릭 신자로서 아버지는 혁명의 거센 바람이 불어닥친 공포시대를 맞아 감옥에 투옥되었다가 1794년 공포정치의 수장인 로베스피에르가 실각하면서 풀려나게 되었다. 그의 아버지는 가족들의 안전을 위하여 1797년 마콩 근처의 밀리Milly라는 작은 시골마을로 가족을 이끌고 이사하였다. 독실한 가톨릭 신자였던 어머니의 애정을 다섯 명의 누이들과 함께 나누며 행복한 어린 시절을 보낸 라마르틴은 예수회 중학교에 입학하여 전통적인 교육을 받았다. 하지만 그는 기숙사 생활을 하면서 도망쳐 나오기 일쑤였다. 일찍부터 문학에 대한 남다른 열정을 가지고 있었던 라마르틴은 몽상과 독서의 나날을 보냈다. 학교를 졸업한 후, 나폴레옹 1세의 통치에 반대의 뜻을 가지고 있었던 라마르틴은 직업을 얻지 않은 채 처음으로 이탈리아를 여행했다. 고향으로 돌아온 후에는 고대 로마의 시인 호라티우스와 베르길리우스를 비롯하여 그를 낭만주의로 이끄는 데 중요한 역할을 한 프랑스의 시인 샤토브리앙의 작품들에 심취했다.

1811년 원래 왕당파였던 라마르틴의 집안은 나폴레옹의 정치에 절대적으로 반대하여 아들이 나폴레옹 군대의 군인이 되는 것을 막기 위해 엄청난 돈을 지불하였다. 라마르틴은 이탈리아의 로마와 나폴리를 여행하며 만난 여인들과 사랑을 나누었고 도박을 하여 큰돈을 잃기도 하였다. 1812년 라마르틴은 뜻하지 않게 정치에 입문하게 되었는데, 아버지의 도움으로 밀리의 시장으로 선출된 것이다. 1814년에는 나폴레옹이 엘바 섬으로 추방되자 왕위에 오른 루이 18세의 근위병으로 일하다가 나폴레옹의 백일천하 기간에는 스위스로 도피하였다.

1816년 스물여섯 살의 청년 라마르틴은 간이 나빠져 치료차

알프스 산 근처의 온천휴양도시 엑스-레뱅Aix-les Bains에 가 있게 된다. 페리에라는 의사의 집에서 머물게 된 그의 옆방에는 폐결핵 때문에 파리에서 휴양차 온 쥘리 샤를Julie Charles이라는 매혹적인 여인이 묵고 있었다. 그녀의 남편은 당시 유명한 물리학자로서 나이 차이가 상당히 나는 사람이었다. 어느 날 라마르틴이 호수에서 뱃놀이 중에 조난당한 '검은 머리와 아름다운 눈을 가진' 이 여인을 구하게 되면서 두 사람의 정열적인 사랑은 시작되었다. 하지만 기독교 신자였던 그녀는 이미 유부녀인 데다가, 나이도 라마르틴보다 일곱 살이 많았다. 겨울이 되어 라마르틴은 고향으로, 쥘리 샤를은 파리로 떠나게 됐다. 떨어져 있는 동안 두 사람은 매일 편지를 주고받았다. 이듬해 봄 파리에 간 라마르틴은 그녀를 만나 가을이 오면 두 사람이 처음 만났던 호숫가에서 다시 재회할 것을 약속했다. 애타게 그녀를 기다리던 시인은 약속장소에서 추억을 회상하며 홀로 시간의 덧없음을 고통스러워하다가 연인에게서 받은 빨간 수첩에 시 하나를 쓴다. 바로 "인간은 머물 항구가 없고, 시간은 머물 기슭이 없다"라는 명구가 담긴, 아름다운 운율과 음악성을 구사한 불후의 걸작 「호수」Le Lac라는 작품이다. 바위에 홀로 앉아 있는 시인의 눈앞에 펼쳐지는 자연은 우울하고 슬픈 시인의 내면세계를 반영해주며 그와 소통한다.

오오 호수여, 세월은 간신히 한 해가 지났는데

그녀가 다시 보았어야 할 이 정다운 물가에

보라, 그녀가 전에 앉아 있던 이 돌 위에

나 홀로 앉아 있노라! ……

오 호수여! 말 없는 바위여! 동굴이여! 어두운 숲이여!

시간이 지나도 변하지 않고 다시 젊어지게 할 수 있는

아름다운 자연이여, 오늘 밤의 추억을

이 추억만이라도 간직해 다오!

그대의 휴식 속에서든, 폭풍 속에서든,

아름다운 호수여, 그대의 미소 짓는 언덕의 모습에서든

검은 전나무에서든, 물결 위에 우뚝 솟아 있는

이 거친 바위에서든!

살랑살랑 부는 미풍 속에서,

호수 이쪽에서 저쪽 기슭으로 메아리치는 소리 속에서든,

부드러운 빛이 네 표면을 하얗게 물들이는

은빛 이마를 가진 천체 속에서든!

흐느끼는 바람, 한숨 짓는 갈대,

호수의 향긋하고 가벼운 향기.

듣고 보고, 숨 쉬는 모든 것이 속삭이리라:

"그들은 사랑하였느니라!"

병세가 악화된 쥘리는 1817년 12월 세상을 떠난다. 라마르틴은 자신의 존재성마저 뒤흔드는 정신적 충격을 받는다. 죽은 연인은 그를 변화시켰다. 어머니가 심어 준 기독교에 대한 열정이 다시 살아났다. 결혼을 하여 가정과 아이를 갖고 싶다는 신념과 기대를 갖게 되었다. 사랑하는 여인을 따라 자신도 죽으려 했던 라마르틴은 세 해가 지나서야 겨우 절망감에서 벗어날 수 있었다. 1819년 이탈리아의 공주 레나 드 라르체^{Léna de Larche}와의 연애 이후 영국 여인이었던 매리언-엘리자베스 버치^{Marianne-Elisabeth Birch}를 만나 이듬해 그녀와 결혼하여 평안하고 행복한 가정생활을 시작하였다. 이듬해, 1820년 3월 13일 라마르틴은 앞에 인용한 「호수」가 수록된 그의 대표적 시집 『명상시집』을 출판함으로써 낭만주의 서정문학을 꽃피우게 된다. 이 시집의 출판은 많은 문학사가들이 평하는 것처럼 낭만주의 시대의 도래를 알리는 계기가 되었고, 문단에서는 문학적인 사건으로 기록될 만큼 큰 성공을 거두었다. 모두 24편의 시로 구성되어 있는 이 시집은 사랑하는 여인들에 대한 추억, 무한에 대한 감탄, 신앙에 대한 정열, 자연에 대해 서정성이 살아 있는 인간 영혼의 비통한 감정과 우울을 노래했다. 당시 사회는 몹시 불안하고 침울한 분위기에 휩싸여 있었으며 별다른 희망이 없던 대중들은 무미건조한 고전주의적 성향에 염증을 내기 시작하던 때로서 마치 자신들의 침울한 마음을 대변하는 듯한 라마르틴의 시에 큰 호응을 나타냈다. 라마르틴은 '서문'에서 자신은 영혼과 자연의 무한한 전율로 감동되는 인간의 심금을 울려 준 최초의 사람이며, 시는 가장 내면적인 우리들의 감정이 살아 있는 사색의 멜로디라고 적음으로써 시에서 개인적인 서정의 경지를 개척하였음을 피력하였다.

라마르틴은 시인이자 외교관의 길을 걸었다. 나폴리 주재 프랑스대사관의 외교관으로 임명받아 이후 10년간 로마와 피렌체 등 이탈리아 각지에서 근무하였다. 그런데 행복 가운데 연이은 슬픔이 그를 괴롭혔다. 1822년 딸 쥘리아Julia가 태어나는 기쁨도 잠시, 어린 아들 알퐁스Alphonse가 세상을 떠나고, 두 해 뒤에는 두 명의 누이와도 영원한 이별을 하였다. 가족들의 연이은 죽음으로 인해 라마르틴은 커다란 충격에 빠졌다. 또한 그가 뜻을 두었던 아카데미 프랑세즈의 회원이 되는 일에도 실패를 맛보아야 했다. 문학에 대한 그의 열정은 계속된 저술에서도 엿볼 수 있다. 비록 문학을 일생의 직업으로 삼고 싶어 하지 않았지만 그의 일생 어느 순간에서도 문학을 저버린 적이 없었다. 1813년 비극작품인 『메데이아』를 썼다. 1823년 『소크라테스의 죽음』 *Mort de Socrates*과 『새 명상시집』을 출간하였고, 1825년에는 바이런 경의 죽음에서 영감을 받아 『해럴드의 마지막 순례의 노래』 *Le dernier Chant du pèlerinage d'Harold*를 썼다. 1828년 파리로 돌아온 이후 라마르틴은 대문호인 샤토브리앙, 빅토르 위고와 비평가인 생트-뵈브와 친분을 갖고 교류하였다. 이듬해에는 샤토브리앙의 지지를 얻어 아카데미 프랑세즈 회원으로 선출되기에 이르렀다. 1830년『시와 종교의 조화』를 출간하고 외교관직에서 물러났다. 1831년에는 사형제도에 반대하는 정치적인 시가와 「합리적인 정치에 대하여」라는 수필을 썼다. 진보적 성향의 입장을 취한 라마르틴은 3개 도시의 의원선거에서 탈락했다.

1832년 그의 어머니를 꼭 닮은 딸 쥘리아마저 병마에 시달리자 근동 지역의 날씨가 아이에게 도움이 될 것이라 여겨 여행을 떠난다. 250톤짜리 배에 많은 양의 서적과 몇 명의 지인들, 그리고 하인들을 모두 실은 배가 돛을 올리고 마르세유, 아테네, 베이루트를 거쳐갔다. 10월이 되자 라마르틴은 당시 페스트가 창궐하고 있던 예루살렘에 혼자서 입성한다. 그런데 불행히도 두 달 후 과거의 연인처럼, 레바논에 두고 온 쥘리아를 같은 병으로, 그것도 같은 12월에 떠나보내야 했다. 딸의 죽음을 몹시 슬퍼한 라마르틴은 「겟세마네 또는 쥘리아의 죽음」이라는 시를 남겼다. 슬픔에 빠져 있는 그는 다마스쿠스와 자파를 거쳐 로도스 스미르나오늘날의 이즈미르를 거쳐 콘스탄티노플오늘날의 이스탄불에 도착하기에 이른다. 그곳에서 한 달쯤 머문 후 벨그라드, 빈 그리고 프랑스의 스트라스부르를 거쳐 프랑스로 돌아온다. 라마르틴은 1년여의 긴 여행에서 거의 모든 재산을 탕진하였고 커다란 심경의 변화마저 겪게 되었다. 몇 년 후 경제적으로 궁핍해진 라마르틴은 당시의 여행기 출간을 수락하였고, 1835년 『근동지방 여행』을 출간하였다(그런데 이 저서는 1836년에 쓴 고향 밀리의 사제의 삶에서 영감을 받아 쓴 『조슬랭』*Jocelyn*과 더불어 가톨릭 금서의 목록에 오르게 된다).

성지에서 돌아온 그는 종교적 신념에도 변화를 겪게 되었다. 쇠약해진 라마르틴을 말해 주는 듯 저주에 대한 이야기 『천사의 추락』*La Chute d'un Ange*을 1838년 출판하였다. 그러나 저서는 별다른 성공을 거두지는 못했다. 반면에 10개의 지역에서 국민의회 의원으로 선출되는 정치적 쾌거를 이루었다. 그는 사형제도나 노예제도와 같은 제도들에 반대하는 입장을 표명하며 몇 권의 역사서를 집필하였고, 『근동지방 여행』에서도 투르크인들이 다른 민족으로부터 비난받는 것에 대해 부당성을 언급하며 그들의 권리를 인정하고 그들이 "관대한 민족"이라고 적고 있는 것처럼 이상적인 세상에 대한 그의 견해를 볼 수 있는 부분이기도 하다. 1848년 외무장관과 임시정부의 책임자가 되어 막강한 세력을 얻게 된 라마르틴은 전 유럽에 그의 화려한 웅변을 발휘하였으나 2월혁명 후 반란 군중을 억압하고 루이 나폴레옹에 반대했기 때문에 그의 인기가 퇴색되기 시작했다. 마침내 1851년 나폴레옹 3세의 쿠데타 이후 정계에서 은퇴하였다. 이후로 비참한 노후 생활이 시작되었는데 61세가 된 그는 빚에 시달리며 경제적으로 어려움을 겪게 되면서 시집뿐 아니라 산문, 역사서와 같은 다양한 장르의 글을 집필하였다. 힘들고 고독한 말년을 보내야만 했던 라마르틴은 1869년 뇌졸중으로 쓰러져 실어증을 앓다가 79세의 나이로 세상을 떠났다. 대중과 국민을 위해 일하는 것이 의무라고 생각한 그는 말년에 쓴 마지막 걸작 시집에서 초기 시의 서정적 영감과 진실한 감동을 보여 줌으로써 선량하고 이상적인 정치적 견해를 지닌 작가로서의 내재적인 열망은 한순간도 사라지지 않았었음을 증명하였다.

• • •

서정시인으로서의 탁월한 재능을 소유한 라마르틴은 마콩이라는 작은 도시에서 태어나 산이나 호숫가를 마음껏 산책하며 자연과 친구가 되었다. 자연 속에서 성장한 시인은 자연으로부터 마음의 상처를 위안받았고 그의 시적인 그리고 이상적인 세계에 대한 영감과 열정을 갖게 되었다. 자연에 대한 인상이나 감정을 노래한 라마르틴에게 자연은 그의 마음과 감정을 반영하는 거울 같은 것이었다. 그러나 인생의 커다란 슬픔이 계속 이어지자 라마르틴은 더 이상 자연으로부터 충분한 위안을 얻지 못하게 되었고, 독실한 가톨릭 신자였던 부모님에게서 교육받으며 자란 영향에서 시작된 신앙의 힘에 구원의 손을 내민다. 괴로울 때 자연을 찾아간 라마르틴은 결국 "아무 곳에서도 행복은 나를 기다리지 않는구나"라고 그의 시 「고독」L'Isolement에서 호소하고 있다. 라마르틴에게 있어 자연은 하느님과 인간과의 교감이 이루어지는 장소와 같다. 하느님과 자연, 하느님과 인간, 인간과 자연 사이에 교감이 이루어짐으로써 신성한 자연 속에서 하느님의 손길이 있는, 그래서 인간이 신의 위안을 얻을 수 있었던 것이다. 그러나 사랑하는 이의 죽음에 그는 끝없는 절망과 인생의 무상함을 느꼈고 궁극에는 신에게 호소한다.

라마르틴은 이 여행기에서 인간이자 시인이자 정치인으로 인생 여정에서 가장 힘들었을 시기에 떠났던 근동여행에서 받은 인상과 느낌에 대해 종교적이거나 학술적, 또는 교의적이거나 철학적인 이야기가 아닌, 내면 깊숙한 곳에서 들려오는 도시와 사람과 자연과 종교에 대한 진솔한 이야기와 신비스런 경험으로 풀어놓는다. 특히 성지와의 만남은 종교의 본거지에서 종교적인 문제와 정면으로 마주하고 새로운 이미지에 정신을 빼앗긴 작가에게 신선한 충격이었다. 고통에 짓눌린 작가에게 예수는 '사람의 아들'로서, 라마르틴은 예수가 지상에서 느꼈을 고통을 함께 느끼고자 했으며 진리와 용기를 얻을 수 있도록 간절히 기도하였다. 딸의 죽음을 애도한 시 「겟세마네 쥘리아의 죽음」에서 "그런데 너를 짓누르는 것은 신이다. 오, 나의 영혼이여! 강해져라, 고통을 안고 그의 손에 입 맞춰라"라고 적고 있다.

알퐁스 드 라마르틴 연보

1790 10월 21일 부르고뉴 지방 마콩(Mâcon)에서 태어났다. 귀족인 그의 아버지는 공포정치 시대에 투옥되었지만, 단두대 처형만은 면했다.

1797 온 가족이 마콩을 떠나, 밀리로 간다.

1803 벨레에 있는 신학교에 입학하다(이 학교는 당시 프랑스에서 탄압을 받던 예수회 교단이 운영했다). 그는 수사학과 철학을 공부했고, 매우 우수한 학생이었다 한다. 점차 문학에 관심을 갖고 베르길리우스와 호라티우스를 읽기 시작한다.

1811 라마르틴은 군인이나 외교관이 되고 싶어 했지만, 충실한 왕당파인 그의 부모는 나폴레옹을 왕위 찬탈자로 간주하고, 아들이 그에게 봉사하는 것을 허락하려 하지 않았다.

1814 부르봉 왕정이 복귀하자 루이 18세의 호위병으로 들어갔다.

1815 나폴레옹이 유배지에서 돌아와 '백일천하'를 이루자, 라마르틴은 스위스로 이주했다. 나폴레옹이 워털루에서 패배하고 2번째 부르봉 왕정복고가 이루어진 뒤, 라마르틴은 군인이라는 직업을 포기했다.

1816 이 무렵 건강이 좋지 않아서 온천지 엑스-레뱅으로 요양하러 갔다. 1816년 10월에 이곳의 부르제 호반에서 재기발랄하지만 중병에 걸린 쥘리 샤를이라는 여인을 만났다. 샤를은 파리에 아는

사람이 많았기 때문에 그가 일자리를 얻도록 도와줄 수 있었다.

1817 12월에 쥘리 샤를이 죽은 뒤, 이미 「호수」(Le Lac) 등 많은 시들을 샤를에게 헌정했던 라마르틴은 그녀의 영전에 「십자가에 못 박힌 예수」(Le Crucifix)를 비롯한 여러 시들을 바쳤다.

1820 처칠 집안과 인척인 영국 여인 매리언-엘리자베스 버치와 결혼했다. 같은 해 그는 첫 시집인 『명상시집』을 출판했고, 나폴리 주재 프랑스대사관 서기관이 되어 마침내 외교관의 꿈을 이루었다. 『명상시집』은 새로운 낭만적 색조와 감정의 진실함 때문에 엄청난 성공을 거두었다. 이 작품으로 라마르틴은 프랑스 낭만주의의 상징이 된다.

1821 1월에 나폴리에서 머문다. 2월 로마에서 큰아들 탄생.

1822 5월에는 딸 쥘리아가 태어났지만, 11월 큰아들 사망.

1823 『새 명상시집』과 『소크라테스의 죽음』 출간.

1824 2월엔 라마르틴의 여동생 세자린이, 8월엔 또 다른 여동생 수잔이 사망. 12월, 아카데미 프랑세즈 회원 피선에 실패.

1825 『헤럴드의 마지막 순례의 노래』 출간. 이 작품은 그가 영국의 시인 바이런 경에게 느꼈던 매력을 보여 주었다.

1829 빅토르 위고와 샤토브리앙과 친분을 쌓게 된다. 샤토브리앙의 추천 덕분에 아카데미 프랑세즈 회원으로 선출되었다. 11월에 어머니가 사망한다.

1830 『시와 종교의 조화』 발표. 이 책은 이신론적이고 때로는 그리스도교적, 예를 들면 「그리스도 찬가」(L'Hymne au Christ) 같은 열정에 가득 찬 일종의 할렐루야 성가였다. 같은 해 7월혁명 이후 루

이 필리프가 입헌 군주로 왕위에 오르자, 라마르틴은 외교관을 그만두고 정계로 들어갔다. 그러나 그는 7월 왕정에 봉사하기를 거부하고, 독립성을 유지하면서 사회문제에 관심을 기울이기 시작했다.

1832 오랜 꿈인 근동여행이 드디어 현실화된다. 7월에 마르세유에서 출발하여, 9월에 베이루트에 도착한다. 그리고 레바논과 시리아 및 성지 팔레스타인을 여행한다. 그 무렵에는 1820년에 되찾으려고 애썼던 가톨릭 신앙을 이미 잃어버리고 있었다. 1832년 12월, 15년전 쥘리 샤를이 죽었던 것과 같은 달에 레바논의 베이루트에서 외동딸 쥘리아가 죽는다. 딸 쥘리아의 죽음은 그에게 큰 타격을 주었다.

1833 그는 의회 의원 선거에 출마해 2번 실패한 뒤 1833년에 당선되었다. 그러나 시에 대한 열정은 여전했고, 1821년부터 '영혼의 서사시'로 구상했던 『환상』(Les Visions)을 쓰고자 했다. 이 시는 여인의 사랑을 선택했기 때문에 타락한 천사가 천국에서 쫓겨나, 영혼의 회귀를 거듭한 끝에 마침내 그가 "여자보다 하느님을 더 사랑한다"는 사실을 스스로 깨닫게 된다는 상징적 주제를 갖고 있었다.

1835 『근동지방 여행』(Voyage en Orient)을 출간한다.

1836 『환상』의 뒷부분을 먼저 써서 『조슬랭』(Jocelyn)이라는 제목으로 발표. 이 책은 라마르틴이 잠시 살았던 밀리의 사제에게서 영감을 얻어 쓰였다. 사제로 일생을 보내려던 한 젊은이가 혁명으로 수도원에서 쫓겨난 뒤 젊은 소녀와 사랑에 빠지지만, 죽어 가

는 주교를 보고 수도회를 상기한 뒤 사랑을 포기하고 '하느님의 종'인 교구 신부가 되어 같은 인간을 위해 봉사하는 데 일생을 바친다는 이야기이다.

1839 『시적 명상』(Recueillements poétiques)이라는 제목으로 시집을 출판한 뒤, 라마르틴은 좀더 활동적인 정치가가 되기 위해 문학 활동을 중단했다. 그는 스스로 '프롤레타리아의 문제'라고 부른 사회문제가 그 시대의 가장 중요한 쟁점이라고 확신했다. 그는 노동자들에게 놓여 있는 비인간적인 상황을 개탄했다. 그는 트러스트(기업합동)와 그들이 정부에 행사하는 막강한 영향력을 규탄했고, 1838년과 1846년에 2차례의 담화문을 통해 거기에 반대했다. 그는 노동계급의 혁명은 필연적이라고 주장했다.

1847 7월에는 '경멸의 혁명'이 일어날 것이라고 당국에 장담하는 등 그 시기를 앞당기기를 주저하지 않았다. 또한 프랑스 혁명 당시와 혁명 이후 온건 우파인 지롱드당이 걸어온 역사를 다룬 『지롱드당의 역사』(Histoire des Girondins)를 출간. 이로 인해 좌익정당들로부터 대단한 인기를 모았다.

1848 2월 24일 혁명이 일어난 뒤 파리에서는 제2공화정이 선포되었고, 라마르틴은 사실상 임시정부의 중심인물이 되었다. 경악했던 유산계급은 겉으로는 새로운 상황을 받아들이는 척했지만, 노동계급이 자신을 지킬 수 있는 무기를 소유했다는 사실을 참을 수가 없었다.

4월, 10개 지역에서 국민의회 의원으로 선출되었다. 우익정당들이 대표하는 부르주아 계급은 '질서', 좀더 정확히 말하면 그들이 '질서'라고 생각하는 것을 확립할 수 있는 군대가 재건되는 동안, 라마르틴이 프롤레타리아를 달랠 수 있는 능란한 조종자가 되리라 생각하고 그를 선출했다. 그러나 부르주아 계급의 기대와 달리 라마르틴은 이미 그가 말해 온 것처럼 노동계급을 대변하는 입장을 취했다. 이로 인해 부르주아 계급은 격분한다. 결국 6월 24일 라마르틴은 공직에서 추방되고 혁명은 무산되었다.

1849 쥘리 샤를에 대한 사랑을 주인공과 무대를 바꾸어 이야기한 『라파엘』(Raphaël), 현실과 상상의 요소가 뒤섞인 『비밀』(Les Confidences), 그리고 역사책인 『1848년 혁명의 역사』(Histoire de la Révolution de 1848)를 출간한다.

1850 라마르틴은 엄청난 빚을 짊어지고 있었다. 그 빚은 그가 사치와 낭비를 했기 때문이 아니라, 가문의 유일한 남자로서 혼자 유산을 물려받은 것을 보상하기 위해 누이들에게 돈을 주었기 때문이었다. 20년 동안 그는 잇따라 책을 출판하면서 파산하지 않으려 필사적인 노력을 기울였지만, 아무 소용이 없었다.

1853 1821년부터 구상한 『환상』이 드디어 완성되어 출간된다.

1854 『터키의 역사』(Histoire de la Turquie) 출간.

1855 『러시아의 역사』(Histoire de la Russie) 출간.

1857 시집 『포도나무와 저택』(La Vigne et la maison) 출간.

1863 역사적으로 매우 흥미로운 이야기들을 담아낸 『정치적 회고록』 (Mémoires Politiques)이 출간된다. 아내 매리언 사망.

1867 뇌졸중으로 쓰러져 더 이상 말을 하고 글을 쓰지 못한다.

1869 2월 파리에서 동시대인들로부터 거의 잊힌 채 세상을 떠났다.

작가가 사랑한 도시 시리즈

100년 전 도시에서 만나는 작가들의 특별한 여행 그리고 문학!!

01 플로베르의 나일 강 귀스타브 플로베르 지음, 이재룡 옮김

스물여덟 살의 플로베르가 돛단배로 떠난 넉 달간의 나일 강 여행! 편지로 어머니에게는 나태와 노곤함을, 친구에게는 동방의 에로틱한 밤을 전한다. 훗날 『보바리 부인』에 재현될 멜랑콜리와 권태의 원천이 되는 감각적인 기행문!!

02 뒤마의 볼가 강 알렉상드르 뒤마 지음, 김경란 옮김

1858년, 대문호 알렉상드르 뒤마가 러시아의 변경 볼가 강 유역을 방문한다. 당대 최고의 여행가의 펜 끝에서 펼쳐지는 칭기즈칸의 후예 칼미크족의 유목 생활과 풍습 그리고 그들의 왕성에서 열린 축제까지, 말 그대로 여행문학의 향연이 펼쳐진다!!

03 쥘 베른의 갠지스 강 쥘 베른 지음, 이가야 옮김

코끼리 모양의 증기 기관차를 타고 힌두스탄 정글을 가로지르는 영국군 퇴역대령과 프랑스인 친구들. 성스러운 갠지스 강 순례 도시들의 유적과 힌두교도들의 풍습이 당대를 떠들썩하게 한 세포이 항쟁의 정황과 함께 어우러진 독특한 모험소설!!

04 잭 런던의 클론다이크 강 잭 런던 지음, 남경태 옮김

알래스카 남쪽 클론다이크 강 유역에 금을 찾아 모여든 인간들. 차디찬 설원의 밤, 사금꾼들의 숙박소로 의문의 남자가 피를 흘리며 찾아든다. 야성의 본능만이 투쟁하는 대자연에서 전개되는 어긋난 사랑과 파멸. 섬뜩하면서도 매혹적인 독특한 여행소설!!

05 모파상의 시칠리아 기 드 모파상 지음, 어순아 옮김

프랑스 문단의 총아 모파상은 우울증이 심해질 때마다 여행을 떠난다. 시칠리아에 도달한 그가 마주한 것은…… 고대 그리스 신전과 중세의 고딕 성당, 화산섬 특유의 용암 풍광 등 자연과 예술이 하나 된 곳, 모더니티의 유럽인들이 상실해 가는 지고의 아름다움이었다.

06 뮈세의 베네치아 알프레드 드 뮈세 지음, 이찬규·이주현 옮김

베네치아를 무대로 천재화가이자 도박사 티치아넬로와 베일에 싸인 연인 베아트리체가 벌이는 사랑의 사태와 예술적 영혼들에 관한 성찰! 낭만주의 시인 뮈세와 소설가 조르주 상드의 "빛나는 죄악" 같은 사랑에서 탄생한 한 폭의 바람 세잔 풍경 같은 예술소설!!

07 에드몽 아부의 오리엔트 특급 에드몽 아부 지음, 박아르마 옮김

1883년 10월 4일, 당대 최고의 여행작가 에드몽 아부가 국제침대차회사의 초대로 오리엔트 특급 개통기념 특별열차에 탑승한다. 최신식 침대차의 호화로움과 파리에서 터키 이스탄불 사이의 여정이 상세하면서도 역동적으로 묘사된 여행 에세이의 백미!!

08 폴 아당의 리우데자네이루 폴 아당 지음, 이승신 옮김

19세기에 이미 전기 설비가 완성된 '빛의 도시' 리우. 폴 아당은 놀라운 속도로 개발되는 도시 외관과 아름다운 자연에 눈을 빼앗기면서도, 브라질 사람들의 순박하면서도 아름다운 생활상을 발견해 내는 아나키스트 작가의 면모를 숨김 없이 보여 준다.

09 라울 파방의 제1회 아테네 올림픽 라울 파방 지음, 이종민 옮김

제1회 올림픽이 열린 아테네에 『주르날 드 데바』지의 특파원 라울 파방이 도착한다. 기자다운 정확성으로 생생히 재현되는 IOC 창설 과정, 근대 올림픽 개최를 둘러싼 갈등, 각종 경기장들의 건립 상황 등 올림픽 뒤 숨겨진 이야기들!!

10 라마르틴의 예루살렘 알퐁스 드 라마르틴 지음, 최인경 옮김

'평화의 도시' 예루살렘. 유대교와 기독교, 이슬람교가 각축한 복잡한 역사를 고스란히 담고 있는 이 성소로 낭만주의 시인 라마르틴이 병든 딸과 여행을 떠난다. 시인의 내면 깊이 간직된 신앙심과 자연에 대한 애정이 이 도시를 바라보는 시선에 그대로 배어 있다.

*〈작가가 사랑한 도시〉 시리즈는 계속됩니다!

지은이 알퐁스 드 라마르틴(Alphonse de Lamartine)

부르고뉴 주 마콩의 명문 출신으로, 예수회 신학교에서 가톨릭 교육을 받고 1811년 이탈리아를 여행, 1814년 군대에 복무하고 1815년 제대하였다. 1816년에 연상의 유부녀 쥘리 샤를과 사랑에 빠졌으나, 그녀는 얼마 후 병사하였다. 사랑을 잃은 절망에서 써낸 『명상시집』(1820)은 프랑스에서 오랫동안 잊혀졌던 서정시를 다시 부활시켰다. 1820~1830년 사이 외교관으로 주 이탈리아 프랑스대사관에 근무하였으며, 영국 여인과 결혼하였다. 그동안 『새 명상시집』(1823), 『시와 종교의 조화』(1830) 등을 발표하였고, 1829년 아카데미 프랑세즈 회원이 되었다.

7월혁명(1830) 이후 정치에 관심을 가져 국민의회 의원에 선출되고(1833), 2월혁명(1848) 때는 임시정부 외무장관에 취임하였으나, 대통령 선거에서 루이 나폴레옹(훗날의 나폴레옹 3세)에게 패해 1851년 정계에서 은퇴하였다. 만년에는 막대한 빚에 몰려 많은 작품을 써냈으나 주목받을 만한 작품은 내지 못했다. 주요 작품으로는, 시집 『천사의 추락』(1838), 『시적 명상』(1839), 소설 『라파엘』(1849), 『새로운 비밀』(1851), 역사서 『지롱드당의 역사』(1847) 등이 있다.

옮긴이 최인경

인하대학교 불어불문학과를 졸업하고, 프랑스 파리 4대학(소르본 대학)에서 중세문학 연구로 석사 및 박사학위를 받았다. 프랑스박물관연합(RMN) 한국 지부에서 근무하면서 각종 미술전시를 기획하였으며, 전시도록 및 아동미술도서의 출판을 기획하고 번역하였다. 현재는 프랑스어 및 프랑스문화와 관련하여 인하대학교에서 강의 중이다. 논문으로 「12세기 중세문학에서 명예라는 감정」, 「궁정풍 소설에서의 명예와 감정」 등이 있고, 옮긴 책으로는 『몽쁘띠 미술관』 시리즈, 『새싹미술관 화가 이야기』 시리즈, 『샤갈이 그린 라퐁텐 우화』 등이 있다.